愿世间温柔的灵魂，都能相遇

I HAVE A WISH

愿我们都能
找到那个人，
用爱温暖
彼此漫长的时光。

耿爽 著

图书在版编目（CIP）数据

愿世间温柔的灵魂，都能相遇 / 耿爽著. -- 北京：新世界出版社, 2017.6

ISBN 978-7-5104-6278-8

Ⅰ.①愿… Ⅱ.①耿… Ⅲ.①故事－作品集－中国－当代 Ⅳ.① I247.81

中国版本图书馆CIP数据核字(2017)第100907号

愿世间温柔的灵魂，都能相遇

作　　者：耿　爽
责任编辑：冀　晖
责任印制：李一鸣　王宝根
出版发行：新世界出版社
社　　址：北京西城区百万庄大街 24 号（100037）
发 行 部：（010）6899 5968　（010）6899 8705
总 编 室：（010）6899 5424　（010）6832 6679
http://www.nwp.cn
http://www.nwp.com.cn
版 权 部：+8610 6899 6306
版权部电子信箱：nwpcd@sina.com
印　　刷：三河市南阳印刷有限公司
经　　销：新华书店
开　　本：880mm × 1230mm　1/32
字　　数：140千字　　　印张：8
版　　次：2017 年 6月第 1 版　2017 年 6月第 1 次印刷
书　　号：ISBN 978-7-5104-6278-8
定　　价：35.00元

目录
CONTENTS

第一章　青春是阳光下的一抹幻觉

第二章　思念无声，浸没于冬日的海

第三章　习惯，是一剂进退两难的毒药

第四章　世事变迁，依然深爱

第五章　仰望花开，守一世安宁

青春

是阳光下的

一抹幻觉

1. 泪如清溪，汩汩而过

【1】

舒芷恩从大学生活动中心的门口到艺术礼堂后台的路真可谓阡陌纵横、羊肠九曲，她首先是把包、手机、矿泉水等一切增加横向面积的物品捧在胸前，以最小的半径穿过满是气球、拱门、大幅海报及来自各校各系排队等候入场摩肩接踵的兄弟姐妹们人声鼎沸的议论，然后声嘶力竭地展示着白若妤的微信，跟傲然英挺在大门口不到检票时间绝不放进去任何一个人的大一新加入学生会的学弟们解释自己的来意，可并没有什么用，最后还是白若妤从里面出来把她带了进去。

早在三个月前，这场声势浩大的全省大学生辩论大赛就开始了校内选拔，白若妤和周景桐作为正反两方的第一名，被送去与全省56所高校的第一名继续比拼，由于他们在复赛中的出色表现，组委会综合学校等级、人文氛围、场地条件等多方面因素，决定以自己的学校作为这次省级辩论大赛的主场。

自打上次从硝烟弥漫的选拔赛现场凯旋，白若妤和周景桐就延续了比赛的说话风格和节奏，没有一刻停止过争斗，原因是：在最后一轮淘汰赛胜出的时候，就必须抽取此次比赛的题目，周景桐抽到的辩论题目是“同性恋到底是个人问题还是社会问题”，这让白若妤切身体会到了五雷轰顶，心想这是中了什么邪，不但这个完全没有团队理念的拍档在分秒必争地考验着自己随机应变的本领，还抽到了如此变态的题目。最主要的是，她无法想象为什么自从抽到了这个题目，周景桐竟会高兴得手舞足蹈，活脱脱像一个病入膏肓的人所呈现出的回光返照。

而就在半个小时前，周景桐递上的咖啡在白若妤化好妆打算起身的瞬间，一点也没有浪费，全部洒在了她的白衬衫上，所以，舒芷恩必须在比赛开始之前，买一件新的白衬衫让白若妤换上。

辩论会开始，周景桐以流利的英文引用了美国的一则关于同性恋的调查报告上的数据，加上自己精彩的论述而轻松夺冠，白若妤直到领完奖回到宿舍，还对周景桐的表现惊魂未定，把周景桐的微信备注名改成了“变态周”。

【2】

深夜的朋友圈就是一个在精神病院里搭建的大戏园，只要你刷一下，就会看到有写景状物的，有缅怀回忆的，有无聊感慨的，还有伤春悲秋的。周景桐迅速地拨动着手指，表情在不屑和冷笑间自由地切换着，忽然，他看到白若妤的消息，满桌复习资料的图片上配文写道："寒冷冗长的夜，只能与你们为伴。"

周景桐把照片放大，仔细地看着照片里台灯影射在书本上的影子。白若妤双手紧握，拄在并拢的腿上。南方的冬天不如北方，冷得无处躲藏，尤其是在夜里。

宿舍在二楼，周景桐以之前外出当家教爬上窗台再由二楼的缓台回到宿舍的经验，轻松逃过宿管老伯的视线，到校门外的商业街上，买了一杯滚烫的丝袜奶茶和一个刚刚出炉的烤红薯。

"我在你楼下，给你送'温暖'来了。"周景桐给白若妤发微信。

"病了要及时吃药！药不能停！"白若妤回复道。

白若妤看了一眼手表，十二点半了，她还是将信将疑地走到窗前，一个高瘦的身影站在月光下，嘴里不断呼出的白气提醒着宿舍楼外的温度。

一楼的卫生间有一扇可以打开的窗户，周景桐从外套里拿出一个纸袋，从防护栏的缝隙递给白若妤。

“呃……看到你的朋友圈，出去买吃的，顺便慰问一下你这个 partner（搭档）。”

白若妤接过袋子，周景桐冲她笑了笑，摆了摆手，消失在了宿舍门口亮着的路灯下。

这是周景桐第一次看到白若妤素颜，随意扎起的头发露出了那张干净如雪的脸，在这样一个夜晚，她的眼睛亮得让月光都黯然失色，就像艺术馆墙壁上的一幅画，在射灯的作用下显得更加楚楚动人，瞬间定在了他的心上。

【3】

期末考试结束，白若妤约了周景桐喝咖啡，感谢他上次深夜对于她饥寒交迫的深切慰问与悉心关怀，他们从校门口坐上公交车，下了公交车再转地铁，一路畅聊，白若妤竟然忘记了需要再乘坐公交车才能到家。

离家不远的街心花园对面，有一个叫“暖暖”的咖啡店，白若妤在 2 号桌坐了下来，叫了两杯卡布奇诺，这是她在这个咖啡馆固定的座位。

“看到对面的那两棵树了吗？”周景桐顺着白若妤手指的方向看了过去，那是两棵粗壮的法国梧桐，虽然这个时节已经掉了叶子，但还是可以看到枝干紧紧地缠绕，就好像两个人伸出了双臂拥抱在了一起。

正午的阳光从窗外倾洒进来，身上暖暖的，时间似乎静止在那一秒。突然，白若妤的手被一双温厚的手牵起，掌心的温度随着手臂的动脉源源不断地传输到了心里……

周景桐的家在江苏，他决定不回家了，留下来打假期工，这样可以经常见到白若妤。

有人相伴的时光总是如梭般飞驰而过，转眼到了新学期。每天八点，周景桐会准时等在白若妤的宿舍门口，他喜欢看她从清晨的阳光照在宿舍大门的玻璃上反射出的光中走出来，微红的脸上，微笑时有两个浅浅的酒窝。他们一起去吃早餐，他喜欢看她笑着和他讲述昨晚宿舍里发生的事情时露出的两颗小虎牙，她会跟他讲昨天晚上做的梦。

【4】

大四的最后一个学期，每个人都在为自己的未来做着最理想的设计，等待一个幸运的机会降临，将张开的弩上紧绷的弦松开，使多年积蓄的知识万箭齐发，不偏不倚，正好射中预想的那个目标。

论文初稿通过的第二天早上，白若妤一如既往，八点钟来到宿舍门口，却没有看见周景桐，她给他发了微信，打了电话，却没有任何回应。

她走到周景桐的宿舍大门口，正好遇见与他同寝室的王麟，王麟的表情变得很沉重，只是说周景桐找到工作了。找到工作，不是值得高兴的事情吗？

直到星期六的晚上，周景桐终于出现在了白若妤的宿舍门口，他说要请白若妤喝咖啡，于是，他们来到了“暖暖”。

“我找到工作了。”周景桐低着头，盯着咖啡里的奶油拉花，沉默许久。

白若妤看着他，想了想说：“那么然后呢？”

周景桐喝了一口咖啡，低着头深吸一口气。“我被 MAD 公司录用了，你知道，这是我一直以来的梦想。”周景桐把拳头握紧，说，“但是按照公司的规定，新人要去美国总部培训两年。”

话音刚落，白若妤斩钉截铁地说：“我等你回来。”

周景桐紧握的拳头里已经出了汗，他看了看窗外的那两棵缠绕在一起的法国梧桐，眼睛里有一点湿润，没等白若妤回过神来，他坚定地说：“我没有打算回来。”

一瞬间，仿佛有一颗原子弹炸开了白若妤的胸腔，她手捂住胸口，急促地呼吸着，心脏仿佛要从嗓子眼里跳出来。她想站起来，脚下却像是踩了一团白云，泪水夺眶而出，她扶着椅背站稳，飞快地往外跑，周景桐追上去拉住她，又被她一把甩开。

周景桐追上来，把她一把搂进怀里，让她的头靠在自己的胸口，白若妤的泪很快把他的衣服浸透，一阵风吹过，透心凉。

这一次，白若妤才知道，周景桐的家在江苏常州的一个小镇，父母都是农民，闭塞的环境和贫困的生活一直伴随着他的成长，他比谁都清楚自己是如何与当地并不优质的教育抗争的，他付出了多于常人百倍的努力才考取了这所大学，他一直都信奉一个理念：“人，如果没有退路，就只能前进了。”所以他必须把握住这次机会，才能开启灿烂的人生，才能给白若妤幸福和美好的生活。

白若妤指向街边那个卖红薯的老大爷，告诉周景桐，在她的心中，幸福，不是众人敬仰的社会地位，不是开豪车住豪宅的奢华生活，更不是银行卡里日益攀升的存款数额，而是我爱一个人，而这个人刚好也爱我，他可以在我最需要的时候陪在我的身边，温暖会源源不断地流过全身，沉淀在心底，陪伴我在未来的每一次日升月落，支撑我打败所有的世事变迁。等我们老了，如果这棵梧桐树还在，我就可以挽着你的手坐在这里，靠在你的肩上，感恩时间让我们还能相偎相依。

周景桐的眼眶湿润了，他把外套脱下来搭在白若妤的身上，两个人就这样一言不发地顺着街路走向白若妤的家，胡同里安静到窒息，只能听见白若妤偶尔的抽泣。

自从那天以后，白若妤便再也没能联系到周景桐。一个月以后，她接到了王麟的电话，她把他约在了“暖暖”。

“嗯……若妤，景桐已经走了……”没等王麟把话说完，白若妤猛地站起来往外跑，王麟把她拦下拉回了座位。

王麟告诉她，美国那边更改了行程，所以周景桐走得相当匆忙。

“若妤，景桐走之前有一件事交代给我。”王麟拿出了一个盒子，白若妤以为是信，就马上打开，不料里面是整整齐齐码着的两万块钱。

“不管你能不能理解，若妤，景桐就是那样的出身，他承担了家里太多的期望和使命，毕业了，再也不需要为学费发愁，这些钱虽然不多，却是他奋斗的全部，他希望你过得好，如果你可以等，他说他会给你最好的生活。”

听到“最好的生活”这五个字的时候，白若妤拿纸巾把眼泪擦干，跟王麟道了谢以后，便拿着钱头也不回地走了。

这一次，白若妤没有哭，因为她看到了问题的实质，爱，最可悲的就是，你所认为能给的“最好的”并不是我想要的，在爱情的分岔路口，如果一个向左走，一个向右走，那么这两个人，注定会在彼此的余生里各安天涯。

【5】

四年的时光转瞬即逝，周景桐通过舒芷恩找到了白若妤，他没想到她能如此爽快地答应赴约。他约她在“West-coast”，一个会员制的高档西餐厅。

看到白若妤，周景桐从白色的凯迪拉克上下来，穿着一套黑色修身的 Armani 西装，手上拿一部 VERTU 手机，时间没有在白若妤的脸上留下任何痕迹，做了老师的她扎着马尾穿着白色的帆布鞋，还是周景桐喜欢的模样。

“我去你家找过你，可是你搬家了，你现在……还好吗？”周景桐问。

白若妤没有回答，她盯着周景桐的手，一脸的漠然。

周景桐顺着白若妤的目光看了一眼，说：“哦，这块手表，是江诗丹顿的限量款，如果你喜欢，我买来女款，送你一块就是了。”

白若妤冷笑一下，她笑自己和周景桐看到的永远不在一个点上，“背着自己的妻子，约前女友见面，这合适吗？”

周景桐看了一眼手上的戒指，不屑地说：“哦，你看的是这个啊，没错，我是结婚了，可是，就在上个月，我离婚了，所不同的是，我拿到了美国的绿卡，若妤，我现在有钱了，你跟我到美国去，我会给你最好的生活。”

又是“最好的生活”！和四年前王麟说话的样子一模一样，看到这样的周景桐，白若妤从包里拿出了一个盒子递给他。

“这是你当年给我的钱，我原封不动地还给你，这就是我这次来见你的唯一目的，你什么都不要再解释了。”

白若妤站起来打开包，把自己化妆包里的小镜子扔在桌子上。“照照镜子，看看你自己现在什么样子！”然后关上门，扬长而去。

最好的年华里，我们曾经追逐的那些纯粹与美好，都在兜兜转转中遗失并再也无法找回，感恩青春里那些流过的泪，它属于那个不经世事的年龄，当时间以不可逆转的姿态与现在的自己面对面，我们能够站在太阳底下释然地微笑，这个时候，我们会背对着昨天，看到回忆的清溪，从脚下汩汩而过。

2. 是谁抚平了逆风的发

【1】

王雨柠下午打来电话约饭，说要隆重介绍男朋友给曲多多认识。曲多多一秒没敢耽误，开车到达酒店，车上显示的时间刚好六点。远远地看见西侧有一个空位，走近一看，偏偏有一辆路虎停在了两个车位之间，正当她对这司机的停车技术嗤之以鼻的时候，酒店保安面带微笑地轻轻敲了敲左边车窗，身体稍稍前倾，毕恭毕敬，告诉她可以把车停进地下停车场。

本来就气不打一处来的曲多多不耐烦地问："地下停车场多少钱一小时？"保安大哥的笑容更加灿烂，说："您好！小姐，地下停车场 15 元一小时。"

曲多多摇起车窗，下了车，猛地关上车门，双手插进裤兜，厉声喝道："我就停这儿！"于是拿起手机拨通路虎车主贴在车窗上的联系电话。

不一会儿，刘洺凯从酒店大门走出来，曲多多上下打量这个上身穿 CK 白色 T 恤，下身穿黑色九分商务休闲裤，脚踩一双 UGG 翻毛豆豆鞋的男生，一副文质彬彬的模样。

"这是你停的车啊？"曲多多一边说，一边用右手转着车钥匙，"路虎牛呗？可以一辆车占两个车位呗？你的驾照是新东方烹饪学校考的啊？"

没等刘洺凯还嘴，曲多多又说："用不用我教教你什么叫停车入位？我告诉你啊，就你这么停车挨揍都没有人拉着，你知道吗？"

刘洺凯一句话没说，从车的右前方绕到左边，上车准备将车停正，不料打开车灯的一刹那，晃得曲多多睁不开眼睛。于是，曲多多爆发了，由保险杠一跃而上发动机盖，大声呵斥，勒令刘洺凯熄火下车。

刘洺凯温文尔雅地说："小姐，我拜托你，你不就是让我挪车吗？你让开我把车挪进车位不就可以了吗？你站我车上面是怎么个情况？"

曲多多从车上跳下来，指着车灯大声说："你来来来，你站在这儿，你看看你能不能睁开眼睛，你这个男人是不是有病啊？”

刘洺凯一声没吭，再次上了车，稳稳地停进了左侧车位，无论曲多多在后面长篇大论挖苦什么，他都毅然决然地上了台阶走回酒店，把曲多多的慷慨激昂、义愤填膺无声地抛在脑后。

【2】

曲多多把车停好，已超过约定时间半个小时，一路小跑乘电梯上了6楼。王雨柠早已在电梯口恭候多时，而从见面开始，曲多多就如同机关枪一样，誓将吐槽进行到底，王雨柠一边安慰一边把她引进包间。

“我来介绍一下，这是我男朋友刘洺栋，这是他弟弟刘洺凯。”话音刚落，曲多多暴跳如雷，指着刘洺凯说：“雨柠，要不要这么巧啊？刚刚在楼下遇到的手残党就是这位！”然后回过头去瞪着刘洺凯说：“真是冤家路窄啊！这样带着男友见娘家人的局还有带家属的？你是要在这上演‘非诚勿扰’啊！人家好意思约，你也真好意思来啊！”

刘洺凯站在原地没有说话，曲多多上下打量，又是一顿奚落：“你看看你穿这一身衣服，你可真对得起这家酒店，这年头穿衣服还黑白配，不知道的还以为你来酒店参加谁的葬礼答谢宴顺便客串大堂经理呢！”

刘洛栋看着这分分钟就要打起来的架势，再不压下来恐怕这顿饭就吃不成了，端起一杯酒说：“不知我弟弟哪里冒犯了这位美女，这样，看在雨柠和哥哥的面子上，就不要生气了，哥哥先干为敬。”

曲多多一脸冷笑拦下了那杯酒，没给一点面子：“怪不得你哥把你走哪儿带到哪儿，自己犯的错还要你哥替你赔不是？我看你不只是车停不好，原来你生活也不能自理啊！”

“够了！”刘洛凯实在忍无可忍，礼貌性地向王雨柠道了别，提前离开了。

赵小彬和王煦明对于这火爆的场面却习以为常，几个人认识十多年，谁要是得罪了曲多多这祖宗，轻则被骂得狗血淋头，重则上手就打，不打到满地找牙誓不罢休。别看这小女子偏瘦，近年来跆拳道的等级却一路飙升，赵小彬常常看着她那一头乌黑亮丽的长发感慨：“哎，这玫瑰不但带刺，还有毒啊！”

【3】

其实，曲多多也不是无缘无故地这样彪悍，两周之前她刚刚失恋，就在下午王雨柠将晚上吃饭酒店的位置发给她的时候，她还对着王雨柠大声骂：“我刚刚分手你就公布恋情，你这是以盼着我死的节奏秀恩爱啊！”王雨柠听到这些只是讪笑。

曲多多也算是智慧和美貌融于一身的一个美女，用172cm的个头完美地诠释了什么叫“胸以下全是腿”。自打上了高中，身边的男生就犹如雨后春笋般层出不穷，而曲多多谈恋爱的原则就跟她的名字一样——多多益善。她有一句经典名言：“黑夜给了我黑色的眼睛，我却把它闭起来搞定男人。”

曲多多能有这样的想法，是因为在上小学的时候，父母就离开了她各自成家。14岁那年，与她相依为命的奶奶也去世了，她只好独自住进了寄宿学校，偶尔能收到父母来自远方城市的大额汇款，仅此而已。

所有的释然都来源于刻骨铭心的痛，所有的玩世不恭都来源于对过去的留恋和对现实的惧怕。她一直在寻找一个男人，可以给她安全感，所以她不停地穿梭在不同的男人身边，只希望有一天能够找到这样一个肩膀，让她停下脚步，远离恐惧和迷茫。

这要是在以前，跟一个男人分手对曲多多来讲就是开始下一段恋情的序曲，赵小彬和王煦明这种相偎相依的爱情经常被她嘲讽为“加多宝”——还是原来的配方，还是熟悉的味道。

但是这次偏偏不一样，他是曲多多准备“洗心革面，认真恋爱”以后进入她视线的第一个男人，一个名叫周亚鑫的外科医生。

两人相识于去年冬天，那天下着雪，曲多多开着车行驶在高速公路上。雪越下越大，眼看前方就是收费站，她心想着好不容易杀回来，终于可以好好休息一下，却突然发现刹车失灵，慌乱之中来不及拉手刹，正好与前车来了个“亲密接触”，导致两车损毁严重。交警到达的时候，曲多多的头、鼻子、双手、方向盘、前挡风玻璃等地方全都溅满了血，而她也因撞击过猛昏厥过去。

周亚鑫把车窗砸开，第一时间将曲多多送往医院抢救。六个小时以后，她脱离了生命危险，醒来的时候，看到周亚鑫正站在床头跟护士交代注意事项，窗外的阳光映照在他的黑框眼镜上，显得格外绅士。曲多多对他一见钟情，认定了他就是她的救命恩人。

苏醒后的曲多多积极地补充营养，努力地做颈椎损伤的康复训练，是为了有一天能够健健康康地出现在他的面前。在他的身上，她能找到曾经向往的未来。

然而就像是一场梦一样，就在他们在一起的第六个月，一位慈眉善目的老人——周亚鑫的父亲找到了她，说一个月以后，医院会公费送周亚鑫去英国进修深造，为期两年，劝她离开他。

她给他打电话，一直都无法接通，她遵循着他们之间的承诺，出院以后，再也不去医院打扰他的工作。联系不到他的日子，她感到异常烦躁不安。

当周亚鑫再次出现的时候，他们已经有一个月没见，他约她去医院门口的西餐厅吃饭，跟她说了很多冠冕堂皇的理由，她微笑不语，只是希望他们在分开的时候没有争吵，没有埋怨，她送了他一句话：“我能送给你的最好的礼物，就是放手让你去追逐你想要的未来。”

她终于明白，爱上周亚鑫，是一种错觉，男人要求女人独立，也许就是要独立到像两个人不曾在一起一样，而所有的委屈，都来源于当初的心甘情愿，上面开满了大朵自以为是的罂粟，让你放下一切去爱，爱到上瘾却不自知，其结果就是倾尽所有也找不到爱的痕迹。

【4】

一个月以后，王雨柠的订婚宴在王子大酒店举行，头一天彩排订婚流程，曲多多又一次见到了刘洺凯。还没有从与周亚鑫分手的阴影里走出来的她没有了上次的尖锐和刻薄，眼睛长时间浸泡泪水，让她已经无法佩戴隐形眼镜，而肿胀的双眼也让她无法化妆。然而，正是因为素颜，刘洺凯才对她一见倾心，他一直都相信，化浓妆的女孩，胭脂粉黛之下，是一颗无比脆弱的心。

晚上，在王雨柠家，所有人悉数到场，为了过好自己此生最后一天的单身生活，王雨柠准备了一个大 party（聚会），一个 15 寸的蛋糕，足够的食物和酒，音响开到最大，狂热的摇滚乐翻涌在房间的每一个角落。

也许是因为共同的嘈杂里各有各的寂寞，曲多多退到房间的角落，脸望向窗外，看到月光下的树一动不动地伫立着。她终于明白，无论表面荡过多少欢愉，都无法掩饰内心的寂寞。

刘洛凯凑过来跟她坐在一起，笑容比上次温暖很多。曲多多看了他一眼，问道："不知道要送她什么样的结婚礼物，觉得送什么都不足以表达我们姐妹之间的感情。"然后她转身问刘洛凯："你有什么好建议？你送了什么？"

刘洛凯笑了笑："什么也没送。"

正在曲多多感到她没有看错人，这个刘洛凯就是这样不懂人情世故的时候，刘洛凯说："如果非说送了什么的话，那么我送了，送了哥哥和嫂子一场婚礼。"

曲多多疑惑："一场婚礼？什么意思？"

刘洛凯低头沉默许久，好像在考虑些什么，欲言又止。曲多多说："不说算了，你的事情，我也没兴趣知道。"刘洛凯感到曲多多身上的刺又全部竖了起来，言语又变得犀利起来。

刘洛凯说："其实也没有什么不能告诉你的，那家酒店……

是我的。”

曲多多目不转睛地看着她，然后蹲在地上狂笑不止，一边笑一边说：“王子酒店……哈哈哈哈……你的？哈哈哈哈……我猜对了吧，我的眼光还是不错的，我第一次见你那天，我就知道，你是那个酒店的大堂经理，现在只有大堂经理才能穿成你那样，哈哈哈哈。”

刘洺凯面无表情地看着她，看着她眯成一条缝的清澈的眼睛，想着这要是一般的姑娘，一定会问“这家酒店到底值多少钱啊？你是富二代啊？”之类的。他看着她笑出了眼泪，便拉着她，从王雨柠家一路开车来到王子酒店。

下了车，曲多多听见酒店里的每个员工都喊着“刘总”，他拉着她飞快地走。她被拉进观光梯直达顶楼露台，一共 35 层。就像头顶的那片星空一样，曲多多觉得这一切太难以置信了。

刘洺凯用酒店的宣传页卷起来做成两个传声筒，递给曲多多：“试试，可以减轻很多很多的压力，我经常一个人来这里。”

听刘洺凯说，原来刘洺栋不是他的亲哥哥，他是被刘铭栋的母亲收养的，而刘洺栋的父亲在三年前得了绝症去世，母亲三个月后也随他而去。就在去年，他的生母找到了他，正式让他接管王子酒店这份产业，而他母亲仍久居国外。

“你知道吗？我和你一样寂寞，在这个世界上，拥有的终将逝去，而很多随时间逝去的，实际上却一直未曾拥有。”

站在这个豪华的、可以俯瞰整座城市的酒店顶楼听到这句话，刘洛凯和曲多多抱头痛哭，他把她拥入怀里，她一口咬住他的肩膀，留下了两排深深的牙印，他忍着剧痛咬住嘴唇不出声，她感觉咸咸的液体从牙缝里流出，分不清是泪水的味道，还是鲜血的味道。

曲多多松开了口，刘洛凯感觉她的牙齿从身体里抽离的瞬间，锥心地痛，他用右手又把她的头埋回了原位，牙齿印的位置开始肿胀，混合着曲多多的泪水，痛痒难忍。曲多多用右手捂住自己咬过的伤口，侧过脸，听着风从耳边吹过，一缕被泪水打湿的头发，轻抚着刘洛凯微笑的脸。

3. 最好的年纪里，我们相依为命

【1】

秋天伊始，嗓子开始干涩发痒，找一个空位坐了下来，叫Michelle（米歇尔）去拿一杯冰柠檬茶。

一个高鼻梁黄色头发蓝眼睛，操着一口浓重的伦敦腔的爱尔兰男人走过来，问我可不可以再唱一首皇后乐队的*Love of My Life*《一生爱恋》。我说好，起身的时候，Michelle用小学二年级水平的英语让那个男人坐下，面露贱笑说他的那杯我会买单，恨得我保持着微笑却在微信里发出了一个中指竖起的手势。看着她那酷似大姨妈颜色的红唇冲我隔空飞吻，我翻了一个耗时足有三秒的白眼。

我在“Double life of flower”唱歌有两年时间了，很喜欢它的名字。与其他酒吧不同的是，这里属于静吧，没有纸醉金迷醉生梦死，没有推杯换盏觥筹交错，大多数来客都是外国人。

我喜欢听英文在不同国家人的口中讲出的不同腔调，喜欢听来自世界各地的人告诉我他们来这里生活和工作的原因，喜欢听他们在描述家乡的风土人情时流露的思念，甚至他们的感情生活，那些或鹣鲽情深或肝肠寸断的倾诉，总是会让我非常想念逸飞。

Bring it back bring it back

Don't take it away from me

Because you don't know

What it means to me

你是否曾遇到这样一个人？他愿意放弃一切跟你到任何你想到达的地方，尊重你所选择的生存状态，撑起你的梦想，当你回头的瞬间，他永远将你抱在怀里，用温厚的手掌蒸发生活的冷漠与颓败，即使暴风骤雨在他的身后凛冽地呼啸而过。

【2】

我永远都记得父亲离家的那一天。我写着作业，背对客厅，门随着旅行箱轮子转动的终止而紧紧地锁上，我趴在窗台上看着父亲背着包，手里拉着一个灰色硕大的旅行箱，上了一辆出租车。我穿着拖鞋飞快地跑下楼，沿着出租车消失的马路跑到嘴唇发紫，额爆青筋，呼吸困难，风吹过白色碎花的裙摆，汗水和泪水纠缠在一起，碎了一地。

那一年，我十五岁，坐在职工家属楼铁门两侧的六米高的水泥柱上望向远处消失在夕阳下的鸽子，好羡慕它们可以飞去任何想去的地方，无论是迷途还是远方。

那以后的三年，我没有上学，长期待在密闭的空间，用遮光窗帘阻挡住一切来自外界的光亮，不敢照镜子看偌大的房间，镜子里那个孤单无助的自己。有很长的一段时间，只要看到了光，就感觉整个世界都在嘲笑自己，就好像每次学校公开课班长问我为什么没有通知父母一样。

我没有问过母亲关于父亲离开的原因，习惯了胸口和枕巾上的泪湿透的过程中脸伏在上面温度的变化，天真地以为只要是无声的抽泣，就没有人知道泪水在我的脸上以怎样深邃的刀口划过。被思念凝固成每夜华灯初上时没落的残阳，那是凝固的血，在漫漫长夜，开出一朵朵曼陀罗，繁盛而绝望。

很多时候不想说话，逸飞来看我，我不开门，他在门口一坐就是一整天，他从不敲门，门缝底下的光影里，可以看到他一动不动地伫立。在一门之隔的地方，我听着他的呼吸，他听着我的低吟，心却安静许多。

有一天，他说要带我看看蓝天，我不去，他发微信给我，图片里是我们经常去吃撒尿牛丸的小店，路边的洋槐高大挺拔，阳光从树叶的缝隙穿过，晕染成满地斑驳。他修长的手指握着一只粉色带着白巧克力的冰淇淋，左臂的手表上提醒着当下的时间。

在撒尿牛丸里加了粉丝，是我喜欢的味道，“嘉伊，你把门开一条小缝，你太瘦了，我只是想给你送一点吃的。”

“逸飞，你进来吧。”

黑暗的房间没有开灯，我和逸飞抱紧膝盖面对面坐在地上。

“逸飞，陪我去找父亲吧，我想照下他的样子，和我与母亲的合照一起，PS 一张全家福，就像班级的照片墙里贴的那些一样。”

看着散落满地的只有我与母亲两人的合照，逸飞说：“好，嘉伊，我现在就陪你去。”

是什么力量，让一个人能够不假思索地放弃现世的安稳，给一朵千疮百孔的花移植到春雨后润沃的土壤，悄无声息地于流年的颠簸中不厌其烦洗耳倾听，默默守护，直到彻底剥离厚重的结痂，露出薄如蝉翼的娇嫩重新放肆生长？你终于可以安睡，我在月朗星疏的光影里低语：“我只是路过你的青春，你又何苦披荆斩棘承起了我的来世？

【3】

我们一起来到S城，在最繁华的地段，租了一所有着英式风格外墙的房子，里面的装修不算豪华，却别致有情调。窗外露台的栏杆上爬满了欣欣向荣的绿萝，室内南北通透，设施完备，所有的家具都是白色，简洁干净。正午之后的阳光很充足，收拾好带去的行李，我们稍事休息，就出发去了超市。

从炊具到调料再到新鲜的食材，逸飞都亲自挑选，我选了巧克力、牛奶和一些零食，一个购物车愣是没装下。我说拿下一些东西，下次再买，逸飞坚持要带回去，说要把冰箱时刻填得满满的，这样才能感受到生活的丰盛。

晚餐有新鲜的鸡腿肉切成小块腌制以后酥炸三遍加上配菜的辣子鸡，入口即化的小炒牛肉、西芹炒百合、白灼生菜和西红柿牛尾汤，全部食材均为有机菜，在赤橙黄绿的争奇斗艳下，我吃下了两碗饭。逸飞吃好了就看着我，在他的脸上，我看到了他满满的成就感和我未来那珠圆玉润横向生长、最终将会消失不见的蛮腰。

杯盘狼藉间，我看到了逸飞包容的气度和我死猪不怕开水烫的对于食物的执着，我想，这就是一种依赖。喜欢你的人，你的一颦一笑都是他生命中的风景，他会精心地呵护，害怕明天太阳升起就变成一片荒芜；而不喜欢你的人，你得用你的生命努力成为他的风景，然而他看腻了，还会头也不回地赶往下一站。

【4】

有一天，逸飞春风得意地从外面回来，说他找到了工作。讲到这里，我就会无比忧伤和内疚。

逸飞有一个非常不错的家庭，父亲是工程师，母亲是医生，就是因为我，他放弃了学业跟我上演了一场乾坤大逃离。他的母亲因此有很长一段时间反复发高烧，我跟他说要不要回家去看看？他说等他赚到钱就回去，还说母亲有父亲，而我，只有他。

逸飞遗传了他父亲的设计基因，经他脑袋里滚过的广告策划时常让公司的总监们赞不绝口，也给公司揽了好几单大生意，更得到了老板的亲自接见。他以最短的时间获得了升职加薪，老板还破例推荐他去参加公司为期一个月的封闭式集训，这是主管以上级别的人才能参加的。

逸飞走的那天，三点钟起床，不但给我做了早餐，煲了汤，还给我炖了牛肉和红烧肉，嘱咐我要照顾好自己，他很快就回来。

每天，逸飞都会给我打电话发微信，有的时候一聊就是三四个小时，直到我抱着手机不省人事。第二天，当我说对不起时，逸飞说，没关系，这样你会感觉我回来的日子能快一点来临。听到这样的话，我的心在独处的深夜总会泛起一大片春意盎然。

逸飞没有告诉我他具体哪一天回来，我也就每天在家里看书、打扫、听歌、画画……

有一天，我做了一个冗长的梦，梦见我一直在奔跑，我很累但是停不下来。半梦半醒间，感觉有什么东西贴近我的脸，我睁开眼睛，却被一个吻堵住了嘴。

逸飞回来了，他总是在我需要的时候出现在身边。

他跟我讲这一个月集训的体验，我给他看我这一个月独自在家的收获。一个月的分别，好像在逸飞回来的那一刻与一个月之前的时间无缝衔接在一起，中间没有空当，感觉他一直都在。

【5】

我们去了超市，逸飞做了我最爱吃的糖醋排骨和水煮鱼，刚要吃，门铃响了。

打开门，一个皮肤白皙，长发，穿着时尚，背双肩包的女孩与我们打招呼："Hello，我是刚搬过来的，就住在你们隔壁，就过来打个招呼，交个朋友。"

这就是 Michelle，相聚就是缘分。我和逸飞拿了一副碗筷让她和我们一起吃饭，然而后来的场景让我感觉自己好像犯了一个不可饶恕的“错误”。

没等逸飞把汤盛出锅，Michelle 面前盛满米饭的碗就变得空空如也，然后一边接过第二碗饭，一边跟我们说她是如何逃离父母独裁的手掌心迈向自由美好的康庄大道的。

吃到第三碗的时候，我们开始熟络起来，相谈甚欢，只是我和逸飞都只是吃菜，因为确实没有做那么多的饭。随后，当她还要盛饭的时候，我终于发现了我和逸飞买的电饭锅微小的吞吐能力，我开玩笑说，你不应该叫米雪，你应该叫米缸。

Michelle 让我们先吃，就出去了，我以为她是生气了，谁知道她出去到外面的超市买了一大袋包子和熟菜，于是，我们的晚餐进入了第二回合。

吃到一半，逸飞被公司叫去加班，Michelle 继续她厚颜无耻的蹭饭之旅。

在又喝了两碗汤之后，Michelle 终于放下了筷子，她跟我说，反正逸飞也不在，带我出去玩玩。

我们来到了“Double life of flower”，一个年代感和时尚度完美融合的酒吧。Michelle 点了两杯鸡尾酒，我的那杯叫天使之吻，橙黄色，很温暖的感觉，温柔的刺激之后满口的果香，是我喜欢的味道。

Michelle 就是个疯丫头，到哪里都本性不移，正当我正为这满口的回味悠长感叹的时候，她把我拉上舞台，让我在台上唱一首歌。

所有发生在自己身上的猝不及防都是别人头脑里的蓄谋已久，台下此起彼伏的掌声让我无处可逃，唱了一首 *valder fields*，清新田园风，一曲过后，掌声排山倒海地涌来。

我还是慌忙地从台上下来，直到坐在座位上还惊魂未定。这个时候，一个男人朝我走来。

他介绍说他是酒吧的经理，问我有没有意向来酒吧唱歌，还给我一张精致的名片让我认真地考虑一下。

后来我才知道，Michelle 是经理的亲妹妹，在酒吧帮忙打理，在她无比猥琐的贱笑中，我还是感到了一丝温暖。

【6】

回到家，当我战战兢兢地跟逸飞说我要去酒吧唱歌的时候，空气中干脆地传来一句："好，唱完我去接你。"

他说，没有人可以干涉别人的人生，尤其是梦想，所有的放弃，只能源于个体本身的心甘情愿。

我在热泪盈眶中吻了逸飞，是他让我看到人生新的方向，让我明白原来爱一个人，可以爱到她无边无际的梦想里去。

于是，我开始了白天画画晚上唱歌的充实生活。逸飞也经常加班，但是每天晚上十二点，他会风雨无阻地出现在酒吧，点一杯苏打水，听我唱完最后一首歌，陪我和时钟一起走向下一个明天。

当今天的我可以回过头去笑看昨天的伤痛，我便无法想象当年若是没有逸飞坚定不渝的陪伴，我会在哪里，过着怎样的生活。我们互为宿命，不离不弃，感谢他一路的陪伴，将可能来临的多灾世纪更迭成四季轮转的云淡风轻。

我爱你，我只能爱你，我的世界里只能有你，因为只有我知道，在那无边的旷野，是谁曾日夜守护一朵颓败的花挺过嘶吼怒号的暴风骤雨，并在雨过天晴后，让它得以自由呼吸，于是我们相依为命，开出了一大片繁花似锦。

4. 爱是年华里的一场烟火

【1】

乔茜到达 N 城的时候已经是晚上八点，飞机足足晚点了两个小时。许辰在机场的停车场看了手机上所有的新闻，把歌单从第一首顺序播放到最后一首再返回第一首，之前玩的游戏也是打到了通关才等到了这位从澳洲回来的姑奶奶。

找到许辰的车时，这少爷正打开天窗躺着，眼角还时不时露出一丝贱笑，那嘴啊，都快咧到耳朵根了。乔茜透过副驾驶这边的玻璃看着车内的一切，又从后面绕到驾驶位旁，猛地使劲一拍玻璃，大喊一声："想哪个姑娘呢？"许辰吓得从座位上跳了起来，头撞到车的顶棚上，坐下来的时候，鼻子又撞向了方向盘，实在太酸爽！

许辰和乔茜是发小，是无话不谈的蓝颜知己，一周以前他就在丽景饭店订下了这个饭局，打算为乔茜接风。从饭店的大堂走到包房的这一路，许辰仔细打量了一下乔茜，一头及腰的长发配一条宝姿的新款橘色连衣裙，脸上淡淡的妆容一点也看不出长途劳顿的疲累；脚上虽然踩了一双恨天高，气质中又不失温柔，这样一个精致的女子，看得许辰如痴如醉。

302 包房的门在许辰击掌三下之后被打开，顿时缤纷的喷花四溅，房间的墙壁上，用红色的贴纸写着“Welcome ”。看着这些从小一起长大或者一起走过青春的挚友，乔茜的眼角有一些湿润，正因为有了他们的不离不弃，才让自己那些寂寞、悲伤、彷徨、哭泣的日子变得异常富有，和他们一起犯二、一起奔跑、一起大笑、一起肆无忌惮的时光如白驹过隙，稍纵即逝。

生命中一定会有这样一群人，他们存蓄着你的每一次喜乐，抚慰着你的每一次伤感，在你每一次伤心哭泣的时刻给你肩膀，每一次开怀大笑的瞬间陪伴左右，你愿意被他们检阅着每一个昨天，然后在他们的温暖下一起走进明天。

【2】

所有人都为乔茜的归来而喜笑颜开，大家都不厌其烦地追忆着往昔，事实上，这是每次聚会必行的项目。

许辰在很小的时候就开始喜欢乔茜，他记得乔茜的每一件裙子上的图案，还记得乔茜每一个头花的形状，他喜欢看乔茜穿着粉红色的裙子戴着两颗草莓的头花在院子里跳皮筋。

王讯还拿当年的事情打趣。许辰第一次从家里偷拿压岁钱买玫瑰花给乔茜，硬是在北方冬天零下十几摄氏度的天气里等了三个小时，为的就是乔茜向窗外一瞥的瞬间能够看到她。然而，等他把花送给乔茜的时候，整束玫瑰都被冻得耷拉着脑袋，样子就跟当时的许辰一样。

在场的各位笑得前仰后合，几轮觥筹交错之后，乔茜举着一杯酒，表情变得异常严肃，空气好像瞬间凝结："我这次回来是为了肖梓凝，我辞去了在澳洲的工作，我要把我的造血干细胞移植给他，不要再说什么了，我已经决定了，这件事情，没有任何商量的余地。"随后，乔茜干了一整杯五粮液。

房间里的空气瞬间冻结成冰，没有一个人说话，只听得到呼吸的声音。

肖梓凝是乔茜的初恋，他们从高中爱到了大学。他们每天一起回家，一起做作业，他会在夏天的河边唱着民谣，用很多树叶折成一个大帆船后承诺以后有钱了带她环游世界；她会在一个月不吃午饭之后，在冬日里用省下的钱给他买一件加厚的毛衣；他没有她学习好，但却在高考前半年每天只睡两个小时。

为了让他和自己考上同一所大学，她每天会在父母睡着之后偷溜出来帮他补习英语，然后天亮再溜回去；上了大学，他省吃俭用，勤工俭学，为了能支持她学艺术的那个昂贵的梦想。

毕了业，因为乔茜学的是设计，所以出国深造是最好的选择。他支持她去，每天买营养午餐送去她学托福的培训班楼下。有的时候，他还会拿保温桶偷奶奶煲的汤，然而自己却在等她下课的过道里，吃一个暖过手的烤地瓜，嘴里吐着厚厚的哈气。每当看到这样的画面，乔茜的心都很温暖，她一点也不怕漂洋过海的孤单，她相信他会等她回来，正如同他说过我们这辈子都命中注定属于彼此一样。

【3】

一年前，六月的一天，乔茜的澳洲户头突然多了20万澳元，此后她便再也联系不到梓凝。打那天起，她像疯了一样，每天什么也不做，只是打越洋电话。她丢了一直兼职的那份工作，没有了经济来源，她每天只吃一包泡面，但还是把所剩无几的钱全部拿去充电话费。她不能让自己的手机停机，她要存好多好多的电话费，她想，万一哪一天梓凝来电话呢？

乔茜打电话给许辰，给白婷，给江梦影，写MSN给每一个国内的朋友，让他们帮忙去寻找，但所有的努力都石沉大海。

她不得不休学回国，所有梓凝可能去到的地方，她都拼尽全力去寻找，但是梓凝就好像人间蒸发了一样，没有任何音信。QQ、微信、人人网、MSN……所有可能联系到他的APP，她都下载到手机里，但是，她的手机一直都没有响过，她给他留了无数次言，都石沉大海；她甚至去报警，每天去询问寻找进展，然而得到的都是否定的回复。

乔茜开始失眠，整晚整晚失眠，每当夜幕降临，她就异常清醒。她关着灯，电脑电话24小时开机，所有的软件一遍遍不厌其烦地刷新，每次打开手机的密码锁，就像是寄予了一份希望，可结果仍然以失望收场。

终于，在8个月前的一天，MSN里有了回复："茜，我结婚了，过得很好，勿念。"这11个字就如同11把尖刀插入了乔茜的心，她瘫倒在地上，抱着电脑。她跟他说话，问他什么时候、在哪里结的婚？跟谁结婚？她一长段一长段地打字，她想问问梓凝是怎么喜欢上了跟他"结婚"的那个女孩的，她要等他亲口承认这一切都是真的，但却得不到任何回复。

哭了一天一夜之后，乔茜感到自己已经流不出泪了，整个胸腔都在承受锥心之痛。她的意识有点模糊，许辰看不得她这个样子，帮她买了一张回澳洲的机票，他觉得也许换一个环境，她才会好一点。她不愿意离开，但转念一想，也好，他是一定希望她完成学业的。于是，她被许辰送去了机场，在登机的最后一刻，她还在嘱咐许辰继续寻找梓凝的下落。

她每天都要打开手机，看一看那 11 个字，好支撑她在提前读完所有课程的前提下还能兼职做设计赚钱。她经常连续 48 小时不睡赶设计图，她要在最短的时间内赚到最多的钱，以支持她继续寻找梓凝。

就是有这样的一个人，如同空气般存在于你的世界，当他离开的时候，哪怕一丝与他有关的东西，哪怕是几个字，都要紧紧握在手里，因为若是撒手，就会全线崩溃。

【4】

乔茜一刻也没放弃过寻找，她绝对不相信梓凝能与除她以外的任何女人结婚。直到一个月之前，许辰意外地看到新闻，说一个年轻的男子因患白血病已昏迷多日，在医院重症监护室，没有家属陪护，急需造血干细胞移植。当许辰把新闻发给乔茜的时候，乔茜蹲在地上笑到泪流满面，她感恩自己的坚持终于感动了上天，她一遍一遍地看着新闻里躺在病床上的梓凝，她抱着许辰说："我终于找到他了……我终于找到他了……"

再次见到梓凝，是隔着重症监护病房的玻璃。医生告诉她，梓凝拒绝了所有的治疗方案，他有一本日记，每一页上，几乎都有这样的内容：“我拒绝所有的治疗，是因为我要把所有的钱省下换乔茜一个璀璨的未来，我要在我生命的最后一刻见到她的时候，还是我原来的样子，但愿到了那一刻，我还是她一直爱着的那副模样。”

隔着重症监护病房的玻璃，看着插满管子的梓凝，她无法想象，梓凝在查出自己得了白血病之后，是怎样的意志支撑着他能够不接受治疗。他几乎给自己汇去了他全部的积蓄，那么他是靠什么挺到了今天？想到这些，她再也抑制不住眼泪，瘫坐在地上，号啕大哭。

有这样一种爱情，他爱你爱到了把你的每一根头发、每一滴血液都嵌入他的生命，小心翼翼地捧在手心上疼惜。他要给你最好的一切，包括得了绝症后还要保持自己最好的状态，就是为了再见时，能够在阳光下，给你一如往昔的熟悉的微笑，然后向你张开怀抱，对你说，其实我一直都在。

乔茜擦干眼泪，她隔着玻璃看着里面的梓凝，她觉得自己必须坚强，便义无反顾地走向了干细胞配型研究室。她千百万次地祈祷可以配型成功，她愿意用她的全部延续梓凝哪怕一天的生命。

也许是这份真心感动了上苍，也许乔茜和梓凝就是这样一株必须要长在一起才能存活的双生花，也许他们都是彼此命定的存在——配型非常成功，可以移植干细胞。

梓凝一直处于昏迷的状态，移植的当天，所有的同学都来到医院，许辰根本无法坐定，在手术室门外来回踱步，空气里包裹着紧张的气息。

乔茜的干细胞被成功地移植！听到这个消息的时候，乔茜是笑着的，可她太累了，长时间的心理压力和精神紧张已经让她的身体不堪重负，当时就晕了过去。

那天后半夜，许辰接起了监护室打来的电话，说梓凝移植后出现了感染，情况非常危急，需要抢救，等待家属签字。

许辰看着熟睡中的乔茜，正在想如何告诉她这个噩耗的时候，乔茜似乎有了心灵感应，突然睁开眼睛，拔掉针头来不及穿鞋就光着脚向外面跑，一边跑一边喊着："梓凝，你等我，不要怕，有我在。"

"你为什么不叫醒我？为什么？为什么？"当乔茜抓住许辰的领子这样咆哮的时候，医生已经向家属下达了病危通知书。乔茜用最后的一点意识说了"不计任何代价，全力抢救"后，再次昏厥过去。

感染扩散得很快，在全力抢救了一夜之后，在那个深秋微寒的清晨，梓凝停止了呼吸，他还是没有熬到可以再见到乔茜的那一天。

乔茜再见到梓凝的时候，他的身体已经开始僵硬，没有了体温，但是嘴角始终是上扬着的。乔茜用手轻抚着他饱满的额头，坚挺的鼻梁，她回忆起每一次四目相对时眸子里的真诚与渴望、每一次亲吻时交换的体温与呼吸、每一次拥抱时在耳边的呢喃与温存……他一定希望她快乐地生活下去，所以她没有哭，只是在他的唇边深深地亲吻，因为她知道，他走得并不孤单，他的体内有她的血液，可以一直陪伴着他，到他所去的任何一个地方。

爱是年华里的一场烟火，它在生命最好的时光，给我们带来炙热、缤纷与光芒，让我们喜乐、哭泣与疯狂，我们会在这样的年华里任凭时间流淌，勇敢地守候，在荡涤、过滤、沥干之后，爱会露出最纯最美的模样，然后放在记忆的盒子里封存起来。

不是所有的爱情都能到达明天，但是没有人会后悔，因为在那肆无忌惮的年龄里，我们曾不顾一切地爱过一场。也许有一天，我们会对这段爱释然，甚至感恩，因为那时的我们会明白，那些珍视和祭奠的，不只是曾经全力以赴追逐的那个人，还有属于彼此义无反顾的那段青春！

5. 突然之间，亦有彩虹亦有风

【1】

白霁然接到安易勇的电话，说晚上来公司接她下班，她笑着一边喝着咖啡，一边看着窗外的树叶从枝干上簌簌落下，然后随着风在空中盘旋了几圈，又划过下面比较矮的树枝。看着它们继续向下飘，白霁然说了一句“好”，就满心欢喜地挂断电话，把头靠在座椅背上，看着公司天花板上的白炽灯傻笑，想象着上面飘出郭记烧鹅、爆汁鸡排、喵咪奶茶……

这时候，曾鹏敲门进来，白霁然吓得一激灵，拄着下巴的胳膊从椅子把手上滑落下来，冲他大吼一声：“为什么不敲门？”

曾鹏怔住了，说：“呃……我敲门了……你这是干吗呢？看着天花板犯花痴呢？”

白霁然故作正经地说："G-U-N，滚！"

曾鹏懒得和她争辩，放下文件夹撂下一句："以前是中英文混说，什么时候改中文和拼音混着说了？真是醉了！"说完转身就走。

白霁然拿着文件把眼睛弯成两道柳叶，嘴咧到耳朵根，用桌上的文件夹砸向曾鹏，里面的文件散落一地。

白霁然和安易勇是大学同学，自从大三两人正式确定恋爱关系，安易勇就被白霁然的闺蜜蔚子晴冠以"绝世神抠"的称号，消费水平一直稳稳地保持在最低生活的水平线上，毫不动摇。

记得第一次四人一起逛步行街，属牛的白霁然想在蔚子晴面前秀恩爱，便在一家玩具店门口停下，指着一只可爱的奶牛公仔嗲声嗲气地说："勇，然然喜欢那个。"

那款奶牛公仔有 30cm ~ 90cm 五种规格，白霁然的底线是"买一个最小的也算撑足了面子"。可是就在安易勇拿起 30cm 的公仔走到门口，准备付款那"千钧一发"的时刻，发现门口的收银台上有卖同款的毛绒公仔钥匙链，15 元一个，于是他果断拿起付款，分给两位美女一人一个。白霁然气得火冒三丈，蔚子晴和曾鹏对视了一下，蹲在玩具店门口笑到岔气。

直到大四，安易勇才实实在在让白霁然扬眉吐气了一把。在其他同学都拿着简历穿梭于各大招聘会一筹莫展的时候，安易勇以优异的成绩拿到了保送研究生的名额，连蔚子晴都竖起大拇指说：“这男人以后一定能发达啊！”

【2】

差两分钟五点，白霁然迫不及待地拎着包包夸赞前台瑶瑶Dior指甲油的颜色好看，眼睛不时地盯着位于门边的指纹打卡机，“57、58、59……哔！”白霁然像一支离弦的箭一般快步迈向电梯口。

安易勇已经等在写字楼门外，白霁然坐上副驾驶，习惯性地在安易勇的脸上深情一吻，手舞足蹈地讲述着一天下来公司发生的趣事。她不时地打量安易勇，只见他身穿一套黑色西服，皮鞋擦得锃亮，沉默地开着车，表情严肃，双唇紧闭。与往常不同的是，在西服里的白色衬衫上，系着一条浅紫色领带。白霁然一把拉住领带，拍了一张照片发给蔚子晴，旁边特意标注了“骚紫”两个字。

车停在德尔曼餐厅门口，waiter（服务员）热情地迎上前指挥停车，安易勇连看都没看他一眼，利落地把车停进了保时捷和布拉迪威龙中间的空停车位上。白霁然再看看眼前要进入的这家餐厅，欧式的红砖外墙，通透的落地窗，褐色的雨篷上围满了三色堇，宽敞的停车场上停满了豪车。白霁然一脸茫然地看着他，正想着今天是什么日子的时候，安易勇已经为她打开了车门。

白霁然跟着安易勇走进餐厅，坐在了预订好的靠窗的位置，餐桌正上方的水晶灯耀眼夺目，餐具发出剔透的光；打开 waiter 递上的全英文菜单，看着安易勇以流利的英文点菜的模样，白霁然真是心里发毛。就在上一周，安易勇被公司派去瑞士考察的前一天晚上，两个人还在家附近的面馆花 50 元吃了两碗牛肉面，今天这是什么情况？升职加薪了？去如此高大上的餐厅，白霁然心里越来越不安。

白霁然从来没见过这样的安易勇，精致中透着儒雅，却让人捉摸不透，“尝尝这个，樱鳟鱼，肉质非常嫩，你一定会喜欢。”安易勇把菜递到白霁然面前，然后一言不发，面无表情地切着牛排。

“你是不是有什么话要和我说？”白霁然打破了沉默。

安易勇放下刀叉，喝了一口柠檬茶，用餐巾擦了擦嘴，郑重其事地说：“霁然，其实……你是一个特别好的女孩，我们在一起三年，你跟着我也没过上一天好日子，我挺过意不去的。”

听到安易勇说这些，白霁然把刀叉放下，环顾四周，心想在这么高档的餐厅里笑得前仰后合实在有失体统，但是如果不笑出声来，简直要憋出内伤。她看着安易勇一本正经的样子说：

“你今天……这是受什么刺激了？”

安易勇沉默了片刻，放低声音继续说：“要不……我们……先……”餐厅里放着轻音乐，白霁然简直听不清他在说什么，示意大点声说话。安易勇低着头不敢看她的眼睛，继续说：“霁然，要不……我们……先分开一段时间，我觉得……我们不适合再在一起。”

白霁然看着他，心里闪过的第一个念头就是如电影电视剧中所演的那样，安易勇要么就是遇到了什么大麻烦，要么就是得了什么绝症，再有就是他们的恋爱遭到家里的反对，从而让他不得不选择离开，于是她说：“无论你发生了什么事，我都不离不弃！”

安易勇觉得自己显然还是没有把话说清楚，沉默了一会儿，继续说：“霁然，我在瑞士，遇到了我的初恋，她嫁给了一个希腊人，半年前，她离婚了，回到国内，过得不是很好，我想我应该去守护她……”没等安易勇把话说完，白霁然把手抬起来，示意他不要再说下去了。

此时的白霁然，无论内心有多少委屈在肆无忌惮地翻滚，都低头平静地吃完盘里的全部食物，然后沉默一分钟，看着安易勇说：“你决定了？”他低头不语，白霁然接着说：“好，只要你决定就好！”随后，她带着微笑走出了餐厅。

安易勇看着那熟悉的背影渐渐消失，连他自己都没有想到，五年的感情，就这样平静地画上了句点。

而在这一瞬间，白霁然仿佛已经不认识身后的这个男人，这个曾经一无所有却能在两排洁白的牙齿间绽放真挚笑容的男人、这个执意在冬天的风雪中伫立却把她喜欢吃的早点买来，放在怀里暖着的男人、这个在学校食堂大口吃着青菜却许诺日后会让她成为全世界最幸福的女人的男人……

无言，也许是对感情最痛的挥别，没有咄咄逼人的质问，也没有声嘶力竭的纠缠，就像流星划过一条完美的弧线后骤然消失，来不及追溯和忏悔，只因为我已倾尽一切地爱过你，一无所有到已经不知道用什么去挽回。

【3】

白霁然与安易勇相识于校广播电台。白霁然有着异于常人的语言天赋，经外国语学院推荐，成为校广播电台的一名主播。在每周的周二和周四中午，有她的一档叫 *Dream bridge* 的节目，她以清晰流利的口语，幽默诙谐的主持风格，得到了同学们的喜爱。

那是大三的时候，她在编辑的口播稿中看到“我校学生所撰写的论文在国际杂志上被译成英文发表并获奖”的消息，而这个学生，就是安易勇。这件事在学校引起了不小的轰动，安易勇也作为嘉宾被请到校广播电台畅聊学习心得及获奖感受，时间约在了次日上午十点半。

初见安易勇，话不多且罕有笑容，白皙的皮肤，高高的鼻梁，利落的平头短发，穿一件白色的衬衫和深蓝色牛仔裤，身后背一个黑色的旧旧的双肩背包。白霁然热情地上前握手，被安易勇宽厚的手掌包裹住，诚恳而温暖。

白霁然被安易勇流利的英文所折服，她没有想到一个理工男居然能说出如此标准流畅的英文。安易勇一开口，录音室的电容话筒中便发出浑厚带有磁性的声音，白霁然对于此次全英文直播采访的担心马上飘到了九霄云外。

那天的采访做得非常成功，微博和微信平台上的提问爆满，最后应听众的要求，采访的时间又延长了20分钟。安易勇从获奖感受聊到了学习方法，从生活聊到了情感，白霁然惊讶地发现，这样冷峻忧郁的外表就像是一具躯壳，里面包裹着一颗柔软炙热的心。

白霁然兴奋地说："我没有想到你英语说得这么好，很少有嘉宾第一次合作就这么有默契。"

"你的节目，我每期都收听，我很喜欢你的主持风格。"安易勇这样说，让白霁然颇感意外又暗自欣喜。

第二天晚上，在学校外面商业街上的韩国雪冰甜品店，白霁然宣布了和安易勇的恋情。当时，曾鹏惊讶的表情堪比看到了恐怖大片，几乎是张着嘴咽下了一大口红豆雪冰。也就是从那一刻开始，曾鹏和蔚子晴一样，彻底沦为了白霁然的“中国好闺蜜”。

“安易勇家庭出身不好，勤工俭学连自己都养不起”之类的话，白霁然一个字都听不进去，她笑嘻嘻地用“有情饮水饱”五个字把蔚子晴义正词严的吐槽生生挡了回去。

【4】

“请我吃饭！烤串啊烤串！”白霁然给曾鹏打电话从来都是这样霸气外露，与安易勇分手心情不美丽，打算不醉不归，曾鹏在电话那边满脸疑惑地问道：“祖宗，你不是跟勇哥吃饭去了吗？”说着连滚带爬从沙发上跳起来，边按电梯边穿好衣服。

四哥串店，开在最繁华的商业街上，90% 的顾客来源于回头客或熟人介绍。老板四哥戴一副黑框眼镜，白天不开门，每天从下午四点开始一直营业到天亮，白霁然和曾鹏经常与友人到此小聚。

白霁然先到，点了黄金烤翅、锡纸手撕猪心、烤生蚝等招牌菜，曾鹏火急火燎走进来，拿起白霁然的汽水喝了一大口，问道："勇哥放你鸽子啦？不是接你去吃饭吗？"

白霁然递过一串烤翅，不是好气地说："吃也堵不上你的嘴……是啊，你勇哥现在发达了，不要我这个糟糠之妻，我被永远地'放鸽子'啦！"

曾鹏反复看着白霁然的表情，确认不是在开玩笑之后便上演了"现实版"十万个为什么。一连串的问题如雨后春笋般袭来，一来是不理解安易勇为何这样忘恩负义，二来是为白霁然的淡定自若感到深深的恐慌。

自从和安易勇在一起以后，白霁然就没有过上一天好日子，而且在倒贴的路上一去不回头。赶着两节课之间的空当做兼职，为小公司翻译资料、去不知名的培训学校上口语课打工赚钱，最后干脆连高中生家教的活都收入囊中。很多次，蔚子晴和曾鹏在四哥串店和朋友推杯换盏的时候，白霁然推门进来，快速吃完一盘8块钱的扬州炒饭之后，抱着一摞书指着曾鹏对老板说："他买单！"就又匆匆地赶去下一个地点继续上课。

看着这样的白霁然，有好几次，曾鹏都心疼地抱着蔚子晴失声痛哭。白霁然就这样和安易勇相偎相依直到毕业，也是为了陪在安易勇身边，她不但放弃了去国外深造的机会，还毛遂自荐担起了公司任务最重的工作，原因只有一个——工资多，奖金高。

“我打死他！”曾鹏终于按捺不住内心的愤怒，打开车门想去找安易勇算账，却被白霁然从后面一把拉住，用力死死地拦在怀里。

“其实，我没有什么遗憾，因为我曾经深爱过他，爱的初衷，是没有期待过任何回报的。”白霁然轻声地说，“曾鹏，你又何尝不是这样呢？……我知道……我全都知道。”许久，曾鹏才在她的拥抱中慢慢平静下来，他转过身，第一次用双手把白霁然拥入怀里，紧紧地抱着。

青春的时光太匆匆，就像一朵随时会飘走的云，你不知道下一秒它会跟随着风去到哪一个纬度，当它真的离开了你的世界，只要你抬头仰望，就会看到斑斓的彩虹，像你曾经守护着那朵云一样，一直守护着你。它会帮你擦干模糊的泪眼，教你读懂它的颜色，如果你遇到了，敬请珍惜。

思念无声，浸没于冬日的海

1. 芳草无尽，转眼深秋

【1】

吴菁菁比赵大齐小一岁，半年前，赵大齐跟柳文皓在一起吃烤鱼喝酒的时候，隐约听见邻桌的两个漂亮女孩一直在绘声绘色地说“泡一下”“不会泡”“没有你泡的好”“特别硬”之类的话，说完就指着赵大齐和柳文皓的桌上，然后要了两箱和他们一样的啤酒。

能一次性要一箱啤酒的女孩，其酒量就绝不止一箱，赵大齐和柳文皓当时看得头皮发麻，叫服务员加了菜，又加了一箱啤酒，打算慢慢喝，他们倒要看看这两个女孩能有多大的酒量。

两个小时以后，两个女孩不但面不改色地买完单从他俩身边扬长而去，还说要去钱柜继续唱歌。赵大齐看了一眼柳文皓，好奇心翻江倒海，两个人果断买了单，出门打车，尾随两个女孩来到了钱柜。

要说世上就有这么巧的事，到了钱柜，就剩下一个大包厢，根据系统上的时间显示，最快都要四十分钟以后才会有人结账倒出包厢。于是，赵大齐在钱包里拿出了身份证、会员卡、信用卡，看着两个女孩说，能在同一家饭店和KTV遇见，也算是缘分，要不一起？我买单！

结果正如赵大齐所愿，四个人从民谣唱到摇滚，从国语歌唱到粤语歌再唱到英文歌，无论是喝酒还是划拳，赵大齐和柳文皓一直处于下风，直到天亮买单，也没有扭转局势。赵大齐不但买了单，还要把喝得早已不省人事的柳文皓送去曲家佳那里。

经过一天的休整，赵大齐开始了对吴菁菁微信和电话的轮番轰炸，吴菁菁来者不拒，轻松应对。热络之后，赵大齐说：“你不是早都想‘泡’我吗？那天在饭店吃烤鱼，你跟你那个朋友说的话我都听见了，还要了和我们这桌一样的啤酒。我呢，就看在你长得虽不倾国倾城但也闭月羞花的分上，就收了你吧！”

吴菁菁停顿了三秒，回忆了一下那天的情景，然后在电话那头笑得差点背过气去。赵大齐摸不着头脑，吴菁菁的笑声戛然而止，非常严肃地告诉赵大齐：“我那天和她说的是明太鱼！”

此话一出，赵大齐拿着电话从床上跳了起来，又因用力过猛掉到了地上，头磕在了床头柜上，在吴菁菁挂断电话的瞬间，赵大齐感到了前所未有的无地自容，手放在脑门上，嘴一直张着，感觉血压一下子蹿到了190，浑身的汗毛都立了起来。

就是这么一次乌龙的相遇，让赵大齐和吴菁菁走到了一起。让赵大齐比较安慰的是，吴菁菁日后再也没有跟任何人提起“明太鱼”事件，算是给他留足了面子。

【2】

赵大齐在柳文皓心中也算是一个人物，头脑灵活，办事果断，自从毕了业，就顺风顺水地一路干到了运营总监，不但工资翻着番儿地涨，身边的姑娘也是你方唱罢我登场。可是自从跟吴菁菁在一起以后，柳文皓似乎在赵大齐身上找到了洗心革面、重新做人的感觉，不但吃饭十次有八次叫不出来，就连发个微信都要再三确认吴菁菁不在现场才敢畅所欲言。

所以说，每个男人的内心都有“浪子”情结，总觉得不风风火火地在青春里折腾过几次，在照镜子的时候，就会感觉对不起里面那个风华正茂的自己。其实对于男人来讲，真正的爱情并不在于相遇，而是在我想浪子回头的时候，你正好柔情似水地出现，一拍即合。

相对于赵大齐和吴菁菁，柳文皓和曲家佳的爱情属于细水长流型，没有那么多惊心动魄地动山摇，但是终归可以作为你侬我侬、相依相惜的典范。曲家佳把柳文皓从上大学时给她买的每一件礼物都标号记录在案，在电脑上配以每件礼物所送的时间、物品、契机等，甚至有的配以照片还原当时的场景，以便日后回首过往时感激涕零。

让柳文皓比较欣慰的是，曲家佳虽然通过赵大齐认识了吴菁菁，但是并没有被吴菁菁同化，即便消费标准提高了一点，但柳文皓仍可以承担。

可是吴菁菁就不一样了，自从和赵大齐在一起以后，化妆品从兰芝换成了倩碧，后来赵大齐带她去了一趟香港，于是全部更新换代成了迪奥。赵大齐每每看到信用卡的额度逐渐接近上限的时候，就以“好东西也是用得比较长远”的说法来安慰自己。

吴菁菁还算是让赵大齐感觉比较踏实，微信和电话都是第一时间回复和接起。赵大齐工作忙的时候，吴菁菁也忙着自己的潮装小店，她总是表现出一副有你在一如往昔，没你在坚强独立的范儿。

男人们都希望拥有这样一个既时尚调皮，又独立懂事的女友，就像一件艺术品，既具有较高水准的观赏价值，又可以调剂平淡无奇的生活，遇到这样的女子，即使信用卡上负号后面多几个零也无所谓。

【3】

最让赵大齐感到意外的一件事是，吴菁菁不但上得厅堂，还能在他工作遇到瓶颈的时候给他一些非常具有实操性的建议。

上个月，赵大齐为产品的推广策划案一筹莫展，下面的人提上来的几个方案不是缺乏新意，就是推广的费用高得咋舌，连自己这一关都过不了，就更不要说提交给老总了。

赵大齐一根接一根地抽烟，他想到上一个策划案被枪毙的时候老总说“你出去把门带上”时自己的无言以对和失魂落魄，再想到这次推广讨论会时自己立下的“军令状”，感到压力山大。

也许是186cm标准身材上所显现出的高颜值，也许是哥伦比亚大学MBA的光环，也许也是因为一点点小小的才华，让赵大齐一进公司就如鱼得水，平步青云。起初，柳文皓经常猜测赵大齐老板的性别，而现如今在这个HR们都以海归为招聘人才入口为优先条件的年代里，赵大齐有的时候透过办公室的玻璃窗看外面那些忙得头不抬眼不睁眼的手下们，甚至给自己总结出一个还能在这个位置上不被更新换代的原因：进公司早，先下手为强。

吴菁菁拿着两袋水果来慰问奋战在一线的赵大齐，对于吴菁菁的到访，赵大齐虽表面和颜悦色，热脸相迎，但是心里却想着如果能拿一张信用卡把这个姑奶奶打发走，让他安心把工作完成是最好不过的了。

吴菁菁看赵大齐忙着，给他洗了一个苹果放在旁边，自己在一旁打起了游戏，赵大齐满脸惆怅地看着这小妮子修长的大白腿，更是默默无语泪千行，心想如果不是这该死烧脑的case（策划案），那此时此刻，将会是怎样的"春宵一刻"。

吴菁菁的游戏打过一关，眼睛就会瞟一下赵大齐，看着可怜的烟灰缸已经在超负荷容纳赵大齐的烟头，吴菁菁说，你跟我说说怎么回事，怎么就把我们这大高才生难为成这样呢？

赵大齐翻了个白眼，心想我这都被枪毙两回的策划案，你一个小女子刚进屋五分钟就能起死回生？

不过，赵大齐还是把公司推广方案双手呈上，吴菁菁用眼睛斜了一下，翻了几页，咬了一口苹果坐在沙发上，笑得一片春心荡漾，一阵藐视的邪风瑟瑟吹过，"传统媒体不行，可以利用微博和微信公众平台，广告费用太大，可以做动画和微电影啊！"

赵大齐看着吴菁菁那咬着苹果不屑的表情，缓了好几秒才回过神来，顿时感觉到了柳暗花明。于是，在公司群里大吼一声：

“二十分钟以后开会，不得缺席！”

正要穿鞋往外走的时候，吴菁菁拦住了他，魅惑地说：“你从这里到公司只需要十分钟耶！”正当赵大齐浮想联翩之时，吴菁菁说：“你掏出信用卡十秒钟都不要耶！”

赵大齐扔下信用卡便出了门，一边想着天下没有免费的午餐，一边打心眼里佩服吴菁菁的脑筋运转速度。

不出所料，这一次赵大齐打了一个漂亮的翻身仗，虽然日后还有诸多工作需要执行，但是终归在老板那里扬眉吐气了一把。

也就是从这一次，赵大齐开始依赖吴菁菁，后来就干脆演变到执行的细节都要征求吴菁菁的意见，吴菁菁总是在第一时间给出回答。

爱情的一开始，两个人都是肩并肩一起走，彼此平等，相互独立。可是，行进的路途中总会遇到颠簸和阻碍，所以，另外一个人能不能搀扶，是源于他（她）对你的真心。在爱的世界里，让天平一直保持平衡的，唯有默默的感恩和悉心的关怀，无关物质与其他。

【4】

一个月以后，case 有了实质性的进展，赵大齐请吴菁菁去吃法国大餐，吴菁菁如约而至，赵大齐吃饭的全程都跟吴菁菁说这个方案的细节是如何如何处理的，上线后的点击率以及能给公司带来的收益情况，说得绘声绘色，口若悬河，吴菁菁对于这些都微笑倾听。

吃完饭了，吴菁菁爽快道别后开车就走，赵大齐用微信追了过去："吴菁菁，你赶紧掉头回到赵总的怀抱，赵总不会亏待你的哦！"

半晌，看吴菁菁没有回复，赵大齐开车回家休息。

刚一进门，看到门口的桌子上，自己的信用卡稳稳地躺在那里，赵大齐第一反应就是，这张卡被刷爆了以后，物归原主。

赵大齐想起那天开会匆忙出门，随便拿了一张卡就塞给了吴菁菁，他拿起卡仔细一看，这张卡的信用额度为20万，立马吓出了一身冷汗，油然而生一种一棒子被打回解放前的感觉，心想自己以后若干个月的艰苦奋斗都白费了。

赶紧拿起电话，查询的结果出乎意料，吴菁菁竟然一分钱都没有刷。赵大齐先是一阵窃喜，但是很快就感到了一种前所未有的慌张，这不像吴菁菁的做派啊！

他发微信给吴菁菁："吴菁菁，你混大了是吧？人也不见，钱也不要，你这是作的什么妖啊？速速回复，赵总可是不会一直等你，晚了后果自负！"

直到赵大齐洗完了澡，吴菁菁也没有任何回复，赵大齐还就不信这个邪，开车以100迈的速度穿过大街小巷，直奔吴菁菁寓所。

开门进去，吴菁菁稳稳地坐在台灯前对着自己店里进货出货的情况，看着吴菁菁那气定神闲的样子，赵大齐从后面抱住了她，从她的头发亲了下去。吴菁菁缓缓转身，面无表情，突然一个巴掌打在了赵大齐的脸上。

还没有等赵大齐反应过来是怎么回事，就被吴菁菁推出了门，赵大齐气得拂袖而去。

回到家，赵大齐想到自己无论是经济条件还是社会地位都不算差，怎么就能换来一巴掌呢？再说他们都是受过高等教育的人，怎么就能抬手就打呢？他越想越生气，刚拿起手机想约个时间和吴菁菁谈一谈，便收到了这样的信息："想脱掉一个女人的衣服，首先应该先脱掉自己身份的外衣，没有人知道这段日子我有多想你，但是我爱你，我是爱你这个人，不是爱你的社会地位，爱你的留学经历，爱你的年薪，不是你整个晚餐过程中喋喋不休说的那些，我快要不认识你了，所以，你的信用卡，对我没有任何意义。"

就算是lover，不好好对待，有可能会over；即便是forget，也是因为曾经get，只是不愿继续再for。

爱情的道路上，忽略对方感受的行为，在本质上属于一种迷失，有的人能够通过生活的细节和及时的沟通找回，就比如柳文皓和曲家佳的爱情；有的人却会因为持续的忙碌而距离越来越远，一个人总是忙，忙到淡出了对方的生活。

在爱情的四季，最初若不是柔花细语，芳草无尽，又怎会在春光烂漫中爱得炙热？然而，一叶知秋，多少爱恋痴嗔都是因为细节的忽略而变得根茎分离，凛若秋霜。

真正的爱，是跟着内心行走，而不是跟着物质及其他游荡，没有人会愿意继续这种游荡，到一个不曾到过的地方，跟一个不再熟悉的人，过一种与初衷截然相反的生活。

两个人无声的告别，只因为，你已不存在于我的生活，我还何苦把你留在我的生命里？

不胜唏嘘。

2. 逐爱的倒影里，伤斑驳陆离

【1】

林婧在酒店外面急得像热锅上的蚂蚁，陆羽扬的电话始终无人接听，她只好打电话给张曦然，看看能不能把杨子晴约出去逛街吃饭看电影……总之干什么都行，只要离开酒店就好。

就在这时，穆振腾穿着笔直的西装从凯迪拉克上走下来，径直来到了酒店大堂。

今天是大学同学周易菲的婚礼，随着穆振腾从澳大利亚“打飞的”风尘仆仆地赶来，这场婚礼俨然变成了一场久违的同学聚会，全班 56 人无一缺席。

穆振腾最后一个到，此时婚礼的主持人已经开始营造气氛倒数计时，负责迎宾的林婧，脚蹬 12cm 的高跟鞋、身着紧得没有一丝缝隙的拖地礼服，健步如飞地走到礼宾台前，对穆振腾表现出满脸的热情洋溢，拉着这位浑身上下连香水都是 BURBERRY 的海归滔滔不绝地回首过往，感叹时光荏苒岁月如梭，可她就是没有让穆振腾进去婚礼现场的意思。甚至，她急中生智把脚一歪故作扭伤状，想让他把自己扶去旁边咖啡厅小坐，穆振腾便在礼宾台搬来一把椅子说："你就坐这别动啊，等婚礼结束，你这脚估计也就好了。"

看出诡计被识破，林婧拉住穆振腾吞吞吐吐地说："杨子晴……在里面，5 号桌。"

穆振腾皱了皱眉头，迟疑了两秒，便转身头也不回地走进婚礼现场。林婧看局面已无法挽回，也只好跟着进去，在进门的瞬间，把表情切换成无比真心祝福的微笑。

诸如这样的场合，前任的久别重逢就好像一场潜伏已久的劫难。时过境迁，虽不至于剑拔弩张横眉冷对，但就像一块看似已经结痂的疤被一把尖刀挑开，里面丝毫没有愈合，依然面目全非，血肉模糊。

我们都曾在云淡风轻，翠柳拂堤的锦瑟年华里与一张清秀的面容相视而笑，于心中流过一汪甘甜清冽的泉水，浸润了整个青春；然而一起走过教室、食堂、宿舍、图书馆的那个人，终究没能在岁月的兜兜转转中牵手相伴，走向明天。

【2】

要不怎么说许志明能把生意做到海外去呢？在大学的时候，他花两百块钱买了一辆二手自行车，穿梭于学校和批发市场之间，在宿舍熄灯以后出售方便面、火腿肠和各种零食饮料，在解同学们思乡之苦的同时，也为他频繁更换女友积累了原始资本。

这种人，天生患有一种无孔不入、见缝插针的毒瘤，这不，见到穆振腾马上起身寒暄，先干为敬，在最短的时间内赋予自己最高密度的自我贬低和对穆振腾最高标准的人格嘉奖。把这位澳洲回国的大爷拦在了自己身边早已留出的位置上，无非是想通过穆振腾开辟澳洲的市场，但是百密一疏，当穆振腾坐下的时候，发现坐在正对面的女孩正是杨子晴。两个人都怔住了，随后他冲她微笑，她只是礼貌地点头回应。

这一幕看得林婧心惊胆战，她搬了一把椅子坐在杨子晴身边，一边吃饭一边时刻观察着她表情的变化。因为没有人比她更清楚，杨子晴今时今日能鲜活地坐在这金碧辉煌的宴会厅吃饭，对于她，已经是一个奇迹。

大学的时候，穆振腾和杨子晴，周睿晨和张曦然，林婧和陆羽扬，就如人们说三角形是世界上最坚固的图形一样，6 个人按照性别形成了“铁三角”，一如网络游戏中分组对战的双方，只要有一个队友处于弱势，他们就会柔情似水地从各自的感情里套取敌方的第一手资料，然后形成策略，向对方发起总攻。虽然每次的结果无一例外地以男方的完败而告终，但是这也恰恰让他们完美地诠释着什么叫情比金坚。

无论爱情还是友情，确定感比在一起更重要，它是一种无论生活安逸与颠簸都能不离不弃相伴走过的力量，这种力量虽没有亲情厚重，但无论你日后攀向了怎样的人生高度，去到世界的哪一个角落，在一个转身的瞬间，你会发现有人仍然在默默地守护。如果你拥有，这便是一种无可取代的幸运。

让林婧和张曦然都无法做到的是，杨子晴从跟穆振腾的第一天起，就以五星级管家的标准对穆振腾的生活给予了360度无死角的全方位照顾：每一件衣服甚至内裤都洗好熨烫平整，食堂打饭力求既荤素搭配又赏心悦目，就连上课用的记号笔都买了赤橙黄绿多种颜色以便根据不同科目和不同心情随意更换。

杨子晴的无微不至，也让穆振腾在周睿晨和陆羽扬跟前倍儿有面儿。每次他们聚在一起，穆振腾都搂着杨子晴的细腰在耳边深情一吻，表达着对她的无限感激，那便是杨子晴最幸福的瞬间：她在食堂简易的白炽灯下，笑成了一朵纯净的花。

快乐的日子如流沙，总是走得飞快，身着学士服在学校的图书馆前欢呼追打，竟成了大学最后的美好时光。每个宿舍门口的通知上都提醒着毕业生离校的时间，6个人拖着行李在学校门前合影留念，分别的泪水在每一个人心中翻滚，却在“常联系”脱口而出的瞬间凝结成祝福。在炙热的阳光下，他们的笑容无比悲壮。

【3】

杨子晴陪穆振腾熬过了人生中最艰难的一段日子，因为她刚毕业工资较少，所以只能蜗居在一个四十平方米的老式住宅。那时候穆振腾没有工作，他与张曦然的想法不同，他不能接受在一家小公司积累工作经验后再跳槽大公司的做法，他宁可进世界五百强的公司先从一些基础的工作做起，然后慢慢实现自己的职业规划。

杨子晴对此没有一丝怨言，用自己微薄的工资负担着两个人的全部开销，她觉得很幸福，觉得有穆振腾的地方，就是家。

半年后，穆振腾终于如愿进了一家世界五百强的公司，忙碌的工作和无休止的加班让他每次到家都倒头就睡，让杨子晴特别心疼。

然而在一个周末，他们开始了恋爱以来的第一次争吵。穆振腾难得下班早，他推开家门没见到杨子晴，打电话才知道杨子晴利用休息时间做起了家教，为高中生补习英语。

问题的重点不是杨子晴又找了一份工作，是因为穆振腾认为她应该进一家他这样的大公司，脚踏实地地干一些“高级”的工作，终有一天会飞黄腾达。

杨子晴却说她从来没想过要飞黄腾达，钱够花就好，当家教也只是想多赚点钱，快点在这个城市安一个家，守着自己爱的人，平淡地走完一生。

分歧本身就暗藏着不可估量的伤害，会让向前走着的两个人，一个在前进，而另一个以对方为参照物，后退却不自知，直到前行和追逐都成了一种负担，感情也就自然而然停在那一刻了。这其中不存在辜负，只是因为我给不了你畅想的单纯美好，你跟不上我追逐的似锦前程，谁都没有错。

穆振腾搬去了公司安排的员工宿舍，一是方便加班后尽快休息，一是能避免与杨子晴没完没了的争吵。

一个月以后，分离如约而至，虽然谁也没有说分手，但就是谁也没有再联系谁。

【4】

随着周易菲的婚礼在此起彼伏的祝福声中结束，离开宴会厅的时候，穆振腾请“铁三角”的每一个人喝咖啡，他从澳洲给陆羽扬和周睿晨这两对神仙眷侣带了礼物，催促他们早日完婚，气氛欢快融洽。

轮到杨子晴，穆振腾打开了一个盒子，里面是 Darry Ring 的心形克拉钻戒，他在杨子晴面前单膝跪地，说："这枚一个男人凭身份证一生只能购买一枚的钻戒，送给你，我现在完全有能力给你所有你想要的单纯美好，跟我去澳洲，不要再做那些辛苦低级的工作。"

话音刚落，杨子晴缓缓站起，一记响亮的耳光狠狠地打在了穆振腾脸上，近乎癫狂地夺门而去。

林婧安排陆羽扬、张曦然和周睿晨分头去寻找杨子晴，咖啡厅里只剩下她跟穆振腾。

林婧觉得一个人无论混到了多高的社会阶层，都不能亵渎最初的情感，包括爱情，也包括友情。看着这张净白如雪的面容，看着这一身名牌西装和价值不菲的腕表，林婧俨然已经不认识眼前的这个人，但是她觉得，必须让穆振腾知道，杨子晴今天为何表现得如此歇斯底里。

当年穆振腾搬去员工宿舍住了半个月就被公司派去澳大利亚工作。一个月以后，杨子晴因劳累过度昏倒在工作岗位上，经过医院检查，发现已经怀孕两个月，她去公司找穆振腾，才知道他已经出国了。

就是这一次不告而别，让杨子晴整天整夜地哭，茶饭不思，连续高烧二十天后，又转成了低烧。为了保住孩子，杨子晴坚持不打针不吃药，终于在怀孕三个半月的时候以流产告终，而流产导致的大出血，让她在ICU里面躺了三天三夜，不停地输血。

失去孩子的杨子晴更是无法专心投入工作，她辞了职，没有了经济来源，但是即使这样，她还是向林婧借钱交下了那套公寓的房租，因为她想在那套房子里等穆振腾回来。

穆振腾听到这一切非常震惊，他无法想象自己和杨子晴之间居然曾经有过一个孩子存在！他更无法想象杨子晴这些年是如何在一个个孤独的夜里独自舔伤，熬过了一个个没有他的夜晚。

“三年前，我和陆羽扬去看子晴，劝她应该去工作，她哭着一遍遍地问我，林婧，你告诉我，什么才是高级的工作？我去哪里工作才是高级的工作？”林婧说杨子晴就这样跪在地上不停地问，无助得像一个找不到家的孩子。

伤害就是这样，悄无声息。

穆振腾看着林婧，眉头紧锁，一句话都没有说。

【5】

陆羽扬在杨子晴租的房子里找到了她，穆振腾坚持一定要去看看。

再次见到杨子晴，看到她没事，穆振腾长舒了一口气，房间里的摆设一切如旧，杨子晴背对着他坐，背影孤单而瘦弱。

穆振腾伸手去扶起杨子晴，被她轻轻甩开，他只好和她一样，也坐在地上，与她并排坐在一起。

“其实，我的心从未离开过你，我只是需要一段时间，去追逐我想要的人生，而你并不理解这样的追逐，所以我必须要暂时放下你。”穆振腾说。

杨子晴像听到了电影里的对白，感觉无比俗套与可笑。她看了一眼穆振腾，问：“我们到底是在什么时候分开的？”

房间里没有开灯，但是，穆振腾还是看到她的眼睛里，噙满了绝望。

两个人是在什么时候开始分开？这是一个需要深入思考的问题，这绝不仅仅是两个人开始不在一起的那个时间，而是在一起的时候，你的心为自己跳动的那个时间；是你向前走，感觉我是累赘想要暂时放下的那个时间；是我奋力追赶，却发现距离越拉越远的那个时间；是你逐渐强大，而回头把我看得越来越渺小和卑微的那个时间……当伤与心跳被调拨在同一频率上，那才是爱情真正的死亡时间。

如今，我熬过了寒冬，熬过了所有苦难，也许，我从来没有放下过你，但是，当我停在原地，看清澈的河水干涸成一片滩涂，真的，我已经不再爱你。

3. 一言为定，寻无所踪

【1】

钟锐翔和薛晓琳，从家人到同事再到朋友，没有一个人觉得他们两个是适合在一起的，原因是：如果一个人坚持要跟另外一个人在一起，那么他一定是要符合新时代“四有情人”的标准，要么有钱，要么有貌，要么有才，要么有心，如果能遇到四项兼而有之的男人最好，如果不能，但至少也得占上一项。

钟锐翔哪一项都不占，用闺蜜王静妮的话评价就是：“钱有的比较缥缈，貌有的比较抽象，才有的比较含蓄，心有的比较简约。”

薛晓琳却不以为然，她以自己对钟锐翔的足够了解创造出了“第五有”——有潜力。薛晓琳说出这三个字的时候，王静妮正在喝一杯浓郁醇厚的摩卡。听完，她先是眨了眨眼睛，接着用手比较了一下两个人额头的温度，确认不是自己发烧听错了之后，踩着恨天高出门开车瞬间加速，一溜烟地离开现场，一路冷笑。

不得不承认，自打王静妮认识薛晓琳，就感觉好像她身上的每一个器官都缺点什么。比如有一次公司筹备一个大型的招商会，整个团队为了这个招商会已经连续加班一个月了，就连前台小倩都是忙得一边打吊针一边接电话，然而她却在每天回家之后，还有体力跟钟锐翔发两三个小时的微信，第二天早上还能按时起床。王静妮确认，若不是器官生长上有缺陷，断然不会如此不知疲惫。

在公司，薛晓琳也算是从前台做起，通过自己不懈努力获得各部门的认可，从而青云直上，升为总经理助理。在她看来，凡事都做到150%以上的人，必有出头之日，其中100%是本分，额外那50%是通过不断学习和长期积淀，加上冰雪聪明机灵肯干所体现出的综合指数才得以实现的。可让王静妮匪夷所思的是，在感情上，她怎么就能那么不忘初心？

说到钟锐翔，王静妮是横竖没看上，单说外貌，175cm的个头，60公斤，全身上下只要是可以活动的关节都瘦得有棱有角，肩膀和手臂之间几乎呈90度，平头，总是背一个阿迪达斯的双肩背包却配一双耐克的运动鞋；关键是，太过于瘦削的人是不适合穿运动装的，即使买小码，也穿不出活力四射的感觉来，反而显得不健康。

最让王静妮受不了的就是，当薛晓琳背着 MCM 双肩包和他走在一起，从背后看，这样的混搭总让人觉得怪怪的，用王静妮的话说就是："他能活生生地把耐克穿成城乡结合部的气质。"

不过每次说到这里，薛晓琳都会一本正经地自言自语道："嗯，下次应该带他去试试鳄鱼。"气得王静妮七窍生烟，无奈感慨真爱无敌。

每个人的爱情都有它存活的状态，即使再好的朋友也无权去评判甚至阻挠，因为，你并不在他们的爱情里，所以只能看得到他们身边盛开了一朵什么样的花，却不知道那会给他们的人生带来怎样的风景。

【2】

薛晓琳与钟锐翔是在出租车上认识的，那天时间特别赶，薛晓琳就选择了拼车，到达目的地时发现没带钱包，尴尬之余钟锐翔爽快地让她下车，说她的车费由他来支付。可萍水相逢怎么能占陌生人的便宜呢？所以就互留了联系方式，薛晓琳承诺日后一定把钱转给他。

一般在电视剧里，男女主角如果是以这样的形式相遇，那么后来一定会演变成不断联系，约会吃饭，最终在一起的桥段。但是，现实的情况是，之后将近一个星期的时间里，钟锐翔既没有给薛晓琳打电话又没有加她微信，俨然一副根本不想要回车费的样子，于是薛晓琳主动加了他的微信，发了个50块钱的红包，可钟锐翔并没有打开，就连信息都没有回。第二天，红包被系统自动退回。

忙碌的工作让薛晓琳暂时放下了这件事，直到有一天，她被老大派去公司对街店里买咖啡，等待付货的空当，她一个转头的瞬间，看到了钟锐翔，她立刻跑去叫住他。不巧的是，钟锐翔刚刚从公司辞职，这时薛晓琳才知道，两个人的公司原来一直离得这么近。

那一次，薛晓琳请钟锐翔吃饭，一是为了感谢他出租车上的仗义相救，二是为了安慰这个刚刚失业的挫败小青年。

薛晓琳对职场生存法则烂熟于心，有些时候，并不是因为你没有能力而被辞退，反而因为你在比较基层的位置上过分地展示了你的能力而挑起了其他人的危机意识，继而被算计。钟锐翔明显属于后者。

钟锐翔所在的是一个游戏开发公司，之前提过的几个设计方案在总监那里都没有通过，于是被迫按照总监提供的方案去设计，但是上线过程中出现了很大的问题，总监则把问题全部归咎为设计问题。

让薛晓琳心生好感的是，即便钟锐翔落到失业的惨境，还是对公司曾经的培养感恩戴德，没有流露出一丝抱怨。

吃过了饭，在薛晓琳的坚持下，两个人捧着两个大箱子坐地铁经过了十几站的“长途跋涉”，到了钟锐翔的住处。那是一个位于五环的半封闭式小区，不临街，还算安静，室内只有三十几平方米，但所有的物品都摆设整齐且一尘不染。

薛晓琳坐在沙发上的时候，钟锐翔说：“你等一下，我下楼去买两瓶水。”随后穿上鞋，叮嘱道：“不要离开房间。”然后指了指刚刚放在桌上的苹果电脑，说：“这是我全部的家当。”

薛晓琳永远忘不了钟锐翔那一秒眼神里流露出的信任，这让整天在高档写字楼里看惯了那些白领面无表情地擦身而过的薛晓琳顿觉一缕清风拂过，就好像当初他在不认识她的情况下为她付了车费一样。

两个人也就是从那一次开始熟悉，钟锐翔叫了外卖，让薛晓琳吃完晚饭再回去。后来聊到打工的经历和背井离乡的心情，两个人觉得投缘，又喝起酒来。那一次，钟锐翔是真的见识到了薛晓琳的酒量，她竟然把他灌得不省人事之后自己还能坐末班的公交车回家。

薛晓琳是清醒的，她看着车来车往中霓虹错综闪烁，感到前所未有的疲惫。她把头靠在窗户上，侧脸有微凉的风吹过，不知为什么，就在那一秒，钟锐翔的脸出现在了眼前，认真中透着单纯。在空荡荡的车厢里，薛晓琳笑了，心底莫名地温暖。

【3】

薛晓琳和钟锐翔是自然而然走在一起的，没有撼天动地的山盟海誓，没有梨花带雨的温婉柔情，也没有深情款款的诗意告白。薛晓琳下了班一有时间就跑去找他，而他的鞋架上多了一双白色的拖鞋，仅此而已。

自从辞职以后，钟锐翔就开始了黑白颠倒的游戏大战。在外人看来，他好像陷入了失业的纸醉金迷，但是只有薛晓琳知道，他必须要在最短的时间内把当下最火的游戏都打通关，然后思考一下自己设计的缺陷到底在哪里？

黑夜，没有阳光的打扰，没有都市的熙攘，全世界进入休眠，房间里静得只听得到电器的运转和两人的呼吸声。薛晓琳睁开眼睛，看着电脑前那张清秀白净的面容，听着敲击键盘的声音，台灯温柔的光里，是一如既往的专注。

薛晓琳有的时候工作累了，伴随着钟锐翔敲打键盘的声音就会躺在沙发上睡着，多数时候，半夜还是会醒，看钟锐翔还没有睡，就煮一碗方便面，打一个荷包蛋，默默地送到他的身边。

渐渐地，连生物钟都习惯了那个时间，薛晓琳会在做晚饭的时候炖一大锅牛骨汤或红烧牛肉，然后放在保鲜盒里。于是，在日后的午夜时分，方便面升级成了牛肉面，有的时候放一些西红柿，有的时候会放一些青菜。

有一种爱，就是我一直默默守护在你的身边，我们之间，一切心照不宣。

【4】

经过了三个月的潜心研究，钟锐翔终于找到自己设计的症结出现在哪里，他意识到自己还是要再去通过学习充实自己，以弥补设计上出现的漏洞。这一次，他选择了去深圳，培训期一年。薛晓琳非常鼓励他继续学习。

离开的前一天晚上，钟锐翔关掉了电脑，两个人一起做了四个菜，糖醋排骨、辣子鸡、凉拌西蓝花和蔬菜沙拉。虽然这顿晚餐里夹杂着离别的味道，但是薛晓琳还是感到非常幸福，因为在锅里翻滚的是爱的炙热。在烛光下，他们约定，在分别的时间里，他们各自攀登自己事业的高峰，一年以后，一起去品尝甘甜。

第二天一早，薛晓琳五点半起床，再次确认行李没有遗漏之后，她来到床边，看着清晨阳光下那张熟睡的脸，那张白净得没有一丝瑕疵的脸，那张她夜晚醒来在台灯下冲她微笑的脸，那张午夜时分埋在碗里很认真吃她煮的牛肉面的脸，那张她在未来的一年里要放进钱包寄予无限想念的脸……薛晓琳微笑着，泪却倒流回心里，汹涌着，澎湃着。

薛晓琳没有去机场送钟锐翔，她实在受不了与钟锐翔分别的场面，受不了检票入口一杆之隔天各一方的凄凉，更受不了两个人手牵着手来到机场却要独自往回走的落寞。

在钟锐翔的车消失在薛晓琳视线里的时候，薛晓琳的腿瞬间失去了知觉，瘫坐在地上，一阵莫名的心绞痛排山倒海般袭来，她用力捂住胸口，急促地呼吸着。这一刻，她才知道，原来自己并没预想的那么洒脱，书架上那些限量版动漫玩偶、空空如也的电脑桌、特百惠保鲜盒里没吃完的红烧牛肉……房间里的每一件物品都提醒着她的孤单。

【5】

两个人每天通过视频问候，分享日常的喜乐，对于生活的每一段描述都细致入微，每一个表情所表达的情绪，彼此都感同身受，就算关掉了视频，影像还一直盘旋在眼前，直到与梦连接，才能在夜里不会醒来。

半年后，薛晓琳超额完成了工作，换来了为期一周的假期，其实她的心早在假期审批表递上去的那一刻就飞去了深圳，但是她并没有告诉钟锐翔，她想给他一个惊喜。

到了钟锐翔的住处，房间一尘不染，床褥整洁如新，只是垃圾桶里，多了几个打包的餐盒。想到钟锐翔一个人叫外卖的生活，薛晓琳决定下厨做一顿丰盛的晚餐。

去过超市，买好新鲜的食材，薛晓琳马不停蹄地开始了锅碗瓢盆大会战，她想让钟锐翔在上课回来的第一时间尝到这熟悉的味道。

三下清脆的开门声，钟锐翔喜出望外，看到薛晓琳的到来，两个人瞬间你侬我侬地腻歪起来。

“我给你炖了好吃的牛肉。”就好像牛肉锅里翻滚的汤汁，此时的薛晓琳幸福满溢。

然而，钟锐翔却说带薛晓琳去吃广东特色的潮汕牛肉和白切鸡，拉着她就往外走，说已经吃腻了北方的红烧牛肉，还说了这道菜油腻、酱油多、不够养生等诸多弊端。薛晓琳不想吵架，默默地关了火，看着自己忙碌了一下午的厨房，泪水瞬间在眼圈里打转。

因为经常去那家店吃饭，钟锐翔认识了不少朋友，吃饭的过程中，有朋友端着酒杯过来打招呼，他都礼貌地回应，后来还与几个好友一起并成一桌吃饭，聊天的过程中还时不时冒出一段段薛晓琳听不懂的粤语。

吃饭的过程中，钟锐翔一边绘声绘色地为她讲述广东的特色美食和详细的制作步骤，一边感叹着动漫市场在这里飞速发展，这一切都让薛晓琳猝不及防。

自钟锐翔决定离开的那天起，她想到过他可能会变心，可能会爱上其他女孩，可能会留在深圳不会再回来，而新的环境带来的全新的交际圈和朋友圈，以及南北的饮食、生活习惯的差异对钟锐翔生活的同化，是她没有想到的。

爱情里，有一种状态是，你没有不爱我，但是你却爱上了一个对于我而言完全陌生的世界；你没有抛弃我，但是你却让我抛弃我原有的生活。在这样的爱与抛弃之间，有一道难以逾越的鸿沟，那便是，我还是原来的我，你却再也不是我爱的那个你了。

4. 我爱你，再见

【1】

王俊笙和沈晓鸥的相识，应该感谢卞思琳。

那一天是卞思琳的生日，下午两点钟，因为笔记本的声卡出现了问题，哥哥卞思霆派助理王俊笙前来修理，但是当天更换主板已经来不及，王俊笙打开背包爽快地说：“我的电脑借给你用。”

犹如雪中送炭般，卞思琳不知道怎样感谢王俊笙，便邀请他参加自己的生日会，王俊笙欣然答应。

晚上六点，随着沈晓鸥、卞思霆和女朋友章若初的悉数到场，卞思琳的生日会准时开始，所有人都送上了礼物，只有王俊笙没来得及准备。卞思琳一边说着没关系，一边宣布 party 的下一项内容。身为上司的卞思霆不依不饶，这时候卞思琳出来解围："哥，你别这样！"卞思霆拉出一种不达目的誓不罢休的架势，卞思琳只好说："好吧，我听说你会画画，我做动作，你来画一张画送我吧！"众人鼓掌表示同意。

卞思琳随即把鼻子向上一紧，每边两根并拢的手指微微前倾放在头顶，王俊笙看了看，不到3分钟，在一张白色的A4打印纸上画了个兔八哥，写上"Happy birthday"。随着笔撂在了桌子上，所有人的目光都看向了沈晓鸥，因为这里面只有她是属兔的。

可是卞思琳明明是属牛的，气氛陷入尴尬，沈晓鸥的脸涨得通红，卞思琳赶紧跳出来解围："这个兔八哥好可爱啊！来，我们来开香槟！这是我嫂子一个月以前专程从法国帮我带回来的呢！是不是嫂子？"大家把注意力集中在章若初身上，这尴尬的情境算是翻篇了。

【2】

卞思霆第二天一早要开会，所以先行告退，剩下的三个人石头剪刀布，玩起了真心话大冒险，王俊笙总是输，输的人，就要喝酒。

不知不觉，三个人喝掉了6瓶香槟以后，全都瘫倒在客厅的地毯上。

第二天一早，卞思琳头昏脑涨地从房间里走出来，看到的一幕让她顿时清醒了：沈晓鸥躺在王俊笙的右臂上，两个人面对面抱着睡在客厅的地毯上。卞思琳快速回翻昨天的记忆，却什么都想不起来。

在卞思琳的再三逼问下，沈晓鸥说出了实情。卞思琳不胜酒力，她和王俊笙费了九牛二虎之力把这小妮子抬进卧室以后，两个人便在客厅开始了掏心掏肺的伤春悲秋和感今怀昔的真心交流，最后两个人怅然若失抱头痛哭，哭着哭着便顿觉惺惺相惜，于是便自然而然走在了一起。

听了这段富含真情实感的高度概括，卞思琳沉默了许久，然后把王俊笙的电脑装好放在门口，亲眼看着两个人手拉着手消失在清晨的落地窗前。

缘分是一块特殊材质的吸铁石，世界上一定会有两个人，一个拿着S极，一个拿着N极，兜兜转转也好，相见恨晚也罢，终会在茫茫宇宙间遇见，相互吸引在一起，发生一段故事，点亮一段人生。难得的是无视世俗的热烈和勇敢，可贵的是风雨无阻的坚定和赤诚。

【3】

王俊笙是卞思霆公司成立之初来应聘的众多求职者之一。

卞思霆清楚地记得，面试当天下午，下起了瓢泼大雨，王俊笙最后一个到达面试地点，上衣几乎湿透却依旧谦卑，逢人就点头打招呼。

卞思霆看着这个身材高挑匀称，背着黑色双肩背包的男生，乍一看，以为他是一个应届毕业生，直到翻看了简历，才发现这个学计算机的男生已经毕业 5 年了。

不仅如此，他还从事过不同行业不同种类的工作，开拓过市场还做过销售，当过行政还干过采购，甚至连仓库管理员兼司机都做过。

或许，哪个公司都不可能轻易接受一个频繁更换工作的人，于是，王俊笙的去留便成了卞思霆的一场豪赌，赌赢了，即遇到了一个难能可贵的人才；赌输了，对于刚刚组建的公司将是一种不可估量的损失，越是在事业的起步阶段，人才的选择才越要慎重。

卞思霆把王俊笙留在自己身边做助理。然而，在连卞思霆自己都是摸着石头过河的阶段，王俊笙却给了他一个大大的 surprise（惊喜）。每当卞思霆需要征求意见的时候，王俊笙都能给他一个与心中设想不谋而合的方案，并夹杂了很多合理化建议，还主动承担很多工作职责之外的工作。

记得有一次，仓库管理员出货单上显示的名目和实际出货的种类不符，造成系统中显示的库存和实际库存不符，所以需要在人工清点完实际库存之后，在系统里逐一做出修改。王俊笙主动请缨，亲自去仓库负责此项工作。

这是一项庞大的工程，为期一个星期的工作中，王俊笙跟车间的工人吃一样的饭菜，甚至有的时候累了，就把三箱货合并到一起，自己躺在上面小憩一会儿。完成任务的那天，他还帮助做了系统升级和优化。

卞思琳内心是不赞成沈晓鸥和王俊笙在一起的，因为他不但来自一个偏远落后的小镇，而且毕业于一所名不见经传的大学，但卞思霆却说，王俊笙一定会成就一番事业。

【4】

沈晓鸥出身书香门第，父亲是大学教授，母亲是中学老师。从小到大，她生活里的一切都是那么安逸，那么按部就班，没有什么大起大落也没有什么跌宕起伏。父母在她上初中的时候会跟她说中考很重要，直接决定她是否能考上一所好高中。于是，沈晓鸥就穿梭于图书馆的每一个角落温习功课；考上了重点高中之后，她又听父母说："高考好好考，才能上一所好大学。"然后，她又进出于各种补习学校，考上了厦门大学。然而到大四毕业，同学们都开始四处签约工作的时候，她才渐渐地看到自己在社会实践上的薄弱。

临近毕业，看着提早签约的室友留下的空荡荡的寝室，她感到了无比的恐慌，因为她不知道出了校门以后怎么样去面对不被安排好的生活，她不知道怎么样去处理突如其来的状况，一切都是未知的，又有谁来告诉她明天会发生什么？

直到遇到王俊笙，沈晓鸥的一切都不一样了。她最快乐的事情莫过于在忙碌了一天以后与王俊笙相聚，她每天都想见到他，每天都想让他牵着自己的手从街的一头走向另外一头。她喜欢看他表情里从始至终的微笑，喜欢看他梳着平头、背着一个 300 元买来的黑色阿迪达斯双肩背包穿梭于斑斓的霓虹，纯净得没有一丝瑕疵，亦好像无忧无虑没有任何烦恼。

沈晓鸥喜欢和他漫步在喧闹的步行街上，在路边的小店里买一杯速溶粉冲泡的奶茶，然后坐在街边的长椅上透过城市的灯红酒绿看天上的星星。他们会固执地认为，身边熙攘的人群不会注意到这一片璀璨的星空，这只属于他们两个人。

他们会坐在那里一直聊天，从同学到同事，从家庭到父母，从梦想到未来，想到哪里就聊到哪里，他们都对彼此坦诚。王俊笙会在聊天的结尾，把她手里已经放得冰凉的奶茶扔进垃圾桶，换上自己温热的手掌，牵着她坐末班的公交车回家。沈晓鸥最喜欢这种温度的交替，用她的话来说，王俊笙让她的世界都亮了起来。

她总是在各种节日的前一天提前订好“lemon tree”，一家环境幽雅的西餐厅，提前在充值卡里放足够的钱，然后谎称是公司福利，两个人吃一顿大餐，接着在节日当天在家里吃他亲手烧的菜。

她喜欢听王俊笙说：“亲爱的，我会努力，以后我们不需要‘公司福利’也能来这里吃大餐！”每每听到这样的话，沈晓鸥就觉得特别幸福，她喜欢在餐厅通透的水晶灯下，看这个男人聊他心中那坚不可摧的梦想，最重要的是，那个梦想里，有她。

【5】

沈晓鸥在蜂鸟动漫设计公司工作，经过两年的学习和历练，在日本拿到了一个国际大奖，她也摇身一变成为一名独具创作特色的动漫设计师。她设计的作品具有很高的市场价值，为了能够留住她，公司不惜重金在市中心买下一套两居室供她居住。

“只要我一直在这家公司工作，我们结婚的话，就不必买房子啦！”拿到钥匙的那一天，沈晓鸥带王俊笙来看房子，手舞足蹈地向他介绍室内的装修特色和设计风格，并邀请王俊笙从卞思霆的公司宿舍搬出来与她同住。王俊笙虽然脸上仍然挂着微笑，但她却没有看到他在卫生间里看着镜子中的自己流下的泪水，那一刻，他发誓，一定要给沈晓鸥一个属于自己的家。

沈晓鸥越来越忙，有的时候，忙到手机来不及充电而自动关机，堆积如山的设计图让她必须经常熬夜才能完成。她搞设计的时候，王俊笙从不去打扰，有的时候，他一个人走在他们曾经牵手走过的步行街，看着橱窗里琳琅满目的商品，想起沈晓鸥流连过却说出各种缺点不准他买来送给她的那副表情，他对自己说："是时候该放手一搏了。"

父亲把家乡的汽车配件商店出兑，在外企打工的哥哥拿出了全部积蓄，自己也有一些存款，又向卞思霆借了二十万，王俊笙和卞思霆约定好，先不把辞职的事情告诉沈晓鸥。

"父亲病了，我要回老家一趟。"一个料定沈晓鸥会忙碌得抽不开身的星期一早上，王俊笙给她发了这样一条信息。

"好！"忙得不可开交的沈晓鸥只好这样简短地回应。

于是，两个人就这样暂时分开了。沈晓鸥会赶中午吃饭的空隙问问他父亲的情况，王俊笙总是以"病了怎么也需要个过程"回应。

王俊笙其实没有回老家，他要开一家小型的印刷厂，谈厂房、进机器、招聘工人，进原材料……每一项都亲力亲为。厂房里没有电，没有热水，有的时候，忙了整整一天，他就在对街的超市买了一个面包，辞职已经没有地方住，他就睡在厂房堆成两米高的版纸上。

【6】

再见到沈晓鸥，已经是半年以后，印刷厂已经进入正常运转，虽然规模不大，但因为物美价廉，所以每天的订单不断，收入也与日俱增。

“我回来了！请你吃饭，lemon tree，晚上我去接你。”接到电话的沈晓鸥异常兴奋，她偷笑王俊笙不知道那天是周日不用上班，便穿戴整齐，来到他原来住的宿舍。

敲开房门的那一刻，沈晓鸥傻在门口，一个陌生男人告诉了她王俊笙已经辞职的消息。

沈晓鸥开车直奔卞思霆公司，进门径直走进办公室，在她不依不饶的质问下，卞思霆终于说出了实情。

沈晓鸥勃然大怒，王俊笙开始跟她说想给她一个怎样的家，一个怎样的未来，在卞思霆公司的楼下，沈晓鸥一个字也听不见，只觉得泪水不住地模糊着双眼，她看不清天空，看不清阳光，看不清写字楼，更看不清王俊笙的脸，她冲他大吼：“为什么创业辛苦，我就不能和你一起去面对？为什么你宁愿卖掉父亲唯一的经济来源也不愿跟我张一次口？为什么我只能享有你的未来而不能和你共同经历走到未来？……”沈晓鸥不断发问。

王俊笙感到耳边一阵轰鸣，终于，他按捺不住，大喊一声：“够了！”

所有的委屈、伤心、疑惑被凝结在那一刻，王俊笙说：“曾经你不知道我在你身边显得多么卑微，今天，我终于可以在所有朋友面前挺直腰杆做人，不用遭人非议，不用接受你处心积虑设置的‘公司福利’。今后的我，买得起任何你能买得起的一切，再也不用低头，不用遭人白眼，不用……”

没等王俊笙说完，沈晓鸥转身就走，只留下回荡在写字楼回廊里的高跟鞋声。

我爱你，爱的是那个穿着白衬衫在阳光下羞涩浅笑的你、爱的是那个在夏风秋夜陪我一起听蛙歌蝉鸣的你、爱的是那个心净如水却能为梦想沸腾翻滚的你、爱的是那个单纯如兰却能在深秋的月下，用手掌的温热承诺牵手陪我走到未来的你。

再见，那时的你，正如我不知怎样割舍。

再见，现在的你，正如我不懂怎样怀念。

5. 独云冷雨，浮生两忘

【1】

黄云歆和老马结婚了，与安雨哲和尹懿菲的婚期是同一天，两位先生把结婚的地点定在了对街的酒店，一个在香格里拉大酒店，一个在希尔顿。请柬发出去的第一时间，王恣岚打电话给黄云歆：“靠，姐们，你们玩的这是遥遥相望啊！”黄云歆一句话都没有说，就挂断了电话。

提到老马，那真是人如其名，一个踏踏实实本本分分的男人，在地质勘测设计研究院工作，北京大学博士，比黄云歆大6岁，说话条理清晰，慢声细语，做事严谨，言出必行。

两个人通过黄云歆的姨妈介绍认识，互相加了微信之后，约在黄云歆家附近的必胜客。见面那天，黄云歆从床上爬起来时已近中午，简单洗漱之后，一副素颜，身穿连帽长款卫衣，脚蹬帆布鞋就出了门。

到了必胜客，她一眼就看见了老马坐在靠右侧角落的位置——178cm左右的身高，穿一身藏青色休闲西服，配一件白色衬衫，戴黑框眼镜。其实老马长得不算难看，估计就是这些年把所有时间都付给了学习，才落得形单影只。

黄云歆走过去，老马立刻起身打招呼，她嘴角微微上扬，便自行拉开椅子坐了下来。

老马迟疑了几秒，坐回原位。服务员送来菜单，黄云歆没打开看，说："黑椒牛肉意面，蔓越莓汁，谢谢。"

老马说："不吃比萨吗？"

黄云歆说："我饿了，比萨等的时间比较久。"

老马见此状况，便叫了一份千层面，一份烤翅，一杯柠檬茶。

菜很快上桌，黄云歆低头吃她的意面，一副漫不经心的模样，就好像坐在对面的老马不存在一样，看都不看一眼，偶尔用纸巾擦一下嘴。

正值中午客流较多，看着时不时在身边经过的人，老马说："要不一会儿吃完，我们找个安静的地方喝点咖啡？这里比较容易找，只是环境有点吵。"

黄云歆咽下了一口意面，若无其事地说："这里很好，不用换地儿。”

老马吃了两口千层面，便放下叉子，轻舒了一口气。就在他按照黄云歆的态度推测此次相亲已经接近失败的时候，黄云歆吃完了整份意面，一口气喝下半杯蔓越莓汁，放下叉子，抬头看着老马，郑重其事地说：“咱俩谈谈结婚的事情吧！”

老马当时半天没反应过来，表情凝固在正午的阳光里。

【2】

幸福如此突如其来地降临，老马完全没有想到，但是他心里也清楚地知道黄云歆能这么快跟自己谈及结婚，一定不是因为爱，可他倒是一眼爱上了她，他宁愿相信前途是光明的，无论道路一波几折都要勇往直前。

听说那天过后，老马就把户口本、存折、工资卡、家门钥匙以及支付宝、信用卡、手机等所有存在密码的物品全部交由黄云歆保管，黄云歆连看都没看，把包包的拉链打开，看着老马，说：“放这里面吧！”老马就兴高采烈地下定决心接受黄云歆的殖民统治，而且以一张心甘情愿的笑脸摆出一副永世不想翻身的姿态任由她调遣。

黄云歆几乎是跟他在一起的同时筹备婚礼的，免去了家长见面、订婚、选日子等诸多繁文缛节，直奔主题，就连订酒店，黄云歆都跟老马说：“看看近半年哪家酒店有退婚的？我们就填进那个空缺把婚礼办了吧？”

对于这个提议，老马一开始有些犹豫，一是觉得两人认识时间太短，过于仓促，二是怕委屈了她。但当他去酒店查看档期时却发现，如果正常排序，最快也要等一年半。于是，他采纳了黄云歆的建议。

老马欢天喜地通知各路亲朋好友即将结婚的喜讯，同时与黄云歆去了民政局，这突如其来的结果让王惢岚“婚姻不是儿戏”一类劝慰的话直接咽回了肚子里，过了许久，还在翻看聊天记录确认这件事情到底是不是真的。

拿到结婚证的那天晚上，黄云歆请王惢岚吃饭，在西单，那是王惢岚第一次见老马。儿人约在一家颇具特色的融合菜馆，装修很别致，环境很高雅，老马穿了一件黑色的皮夹克，白色的衬衫和一条黑色的裤子，看起来倍儿精神。老马说这件衣服是黄云歆送给他的，也是平生第一次有女孩子为他逛街置办行头，说话的时候，幸福溢于言表。

然而王惢岚想起，每到这个季节，安雨哲总是穿一件黑色的机车皮夹克，黄云歆会把各种浅颜色的衬衫洗好熨烫平整以后摞成一摞，放进整理箱；也只有她懂，黄云歆实在不喜欢穿西装的男人“一本正经”的样子。

王恣岚对老马印象还不错，言谈举止都非常得体，别看老马是学地质专业的，文学功底却相当深厚，交谈间时不时恰到好处的引经据典一点也不显死板，尽显风趣幽默。

一扎玉米汁下肚，黄云歆摆了摆手示意让老马先回去，她想和王恣岚说一点悄悄话，老马不放心说一会儿过来接她，却被她拉着胳膊一把塞上了车。

看着老马的车驶离餐厅，黄云歆坐到王恣岚一侧，左手搭在王恣岚的肩上说：“走！前程往事，喝酒去！”

【3】

安雨哲学的是国际金融，头脑活跃，思维敏捷，是一个标准的理工男；而黄云歆学的是美术设计，想象力丰富，想法经常云山雾绕，不切合实际，两个人总是因为一些没有发生的事情吵得不可开交，黄云歆经常会说：“安雨哲，这事你要是不听我的就会……”每到这个时候，安雨哲就会长叹一口气说她是一个彻头彻尾的悲观主义者。

大二下学期的圣诞节，安雨哲在“枫林雅苑”宴请了关系不错的兄弟姐妹，席设五桌，这是黄云歆和他在一起之后见到的最大场面，连专业课老师和辅导员都悉数到场。

黄云歆一边帮忙让来客落座，一边猜想到底什么事情值得搞这么大排场，难道……是要跟自己求婚？可是转念一想，还没到大四毕业，怎么能如此高调地当着老师的面求婚？……

正当黄云歆的脑门挂满了问号的时候，张义勇姗姗来迟，正站在门口要迎他进去，只见他停下拍拍黄云歆的肩膀说：“慕尼黑大学，老妹儿，好眼光啊！”

“慕尼黑大学？什么慕尼黑大学？”黄云歆一头雾水，正要一问究竟的时候，张义勇已把门打开进入宴会厅。

这个时候，安雨哲已经走上宴会厅的舞台开始“忆往昔，谢师恩”。黄云歆听了半天，才知道安雨哲未来的一年即将作为交换生到慕尼黑大学深造，她顿时脑袋一片空白，想起刚刚张义勇说过的话，看着现场觥筹交错，人声鼎沸，感觉自己就好像一个大傻瓜，原来所有的人都知道了这件事情，唯独自己不知道。

对于这件事情，安雨哲也是愧疚，但就连他自己，都是下午刚刚收到确切的消息，当在相关文件上签上了自己的名字，这件事算是真正尘埃落定。

走出系主任办公室的门，就被各路好友绑在请客吃饭的脚手架上下不来，一直忙到下午四点半，才算喘了一口气。

而黄云歆的想法是，如果开始运作去慕尼黑做交换生的时候，安雨哲若是能和自己敞开心扉，如今也不至于在所有的良师益友面前如此被动地撑场面，满头雾水地看台上的安雨哲口若悬河。

安雨哲没有告诉黄云歆也有自己的苦衷，唯一的一个交换生名额是副校长的千金尹懿菲帮他争取到的，其用意他自然心知肚明，如果错过这次机会，他会遗憾终生，但如果在一开始就跟黄云歆说清真相，这件事一定会以暴跳如雷，满城风雨，然后一无所获的方式收场。

前程往事，一个以“青春万岁”为主题的酒吧，位于距大学城不远的商业街上，是黄云歆上大学时候的“据点”。王078岚每次打不通黄云歆的电话，只要找到那里，就准能看到她和安雨哲腻在一起。

安雨哲送走了最后一位哥们，已近晚上十一点，他从风卷残云的餐桌旁站起来，又醉得“扑通”一下坐在了地上。直奔前程往事，只见黄云歆趴在吧台已经醉得眼神迷离，看见安雨哲便是一巴掌。

“说吧！怎么样你能原谅我？”安雨哲被打得醒酒了。

“今天圣诞节，你就送我这么一个大礼？”随后，黄云歆跳下吧台与安雨哲面对面坐，拿起一瓶啤酒戳在他面前，“老板说了，今天啤酒半价，咱俩喝点，喝赢我，我就原谅你。”

看着这分分钟就要闹出人命的架势，在一旁的王恣岚知道局面已无力回天。黄云歆不依不饶，一边盯着安雨哲将第一瓶酒一饮而尽，一边要了整箱的啤酒码在桌边。

黄云歆拿了一个杯子开始了不平等条约——她喝一杯，安雨哲喝一瓶，安雨哲无条件接受，一瓶接着一瓶干，眼睛盯着黄云歆，泪水随着仰起的头从眼角流下，心痛难忍，一半是因为即将到来的离别，一半是因为黄云歆惩罚自己的时候那若无其事的表情。此刻，安雨哲感到每一个毛孔都在与酒精抗争。

灌到第 7 瓶的时候，安雨哲从座位上 90 度角倒向地面，昏迷不醒。王恣岚回过头，从吧椅上跳下来赶快拨打 120，却看到黄云歆拎着一个酒瓶蹲在安雨哲旁边，一边流泪，一边苦笑。

安雨哲因酒精中毒抢救了一夜，醒来的时候已是第二天晚上，尹懿菲来看望他，扶着他下床走，这一幕正好被匆忙赶来的黄云歆撞见。就在黄云歆想上前和尹懿菲理论的时候，安雨哲说："云歆，过了昨晚，我……不欠你什么了。"

空气在三个人的房间里凝固成霜，黄云歆狠狠地咬了咬嘴唇，心里虽已暴风骤雨但表面仍故作镇定地说："安雨哲，咱们俩还没分手呢！"没等安雨哲说话，尹懿菲上前一步搀住安雨哲，然后对黄云歆大喊："你能不能别这么对他？"

黄云歆自觉已经忍耐到了极点，一巴掌打在尹懿菲脸上，咆哮道："你给我把手拿下来！那是我男朋友！"不料尹懿菲反手就是两巴掌，怒吼道：“打你妈打惯了？”安雨哲看着两个女人打成一团，右手捂着肚子大吼一声：“够了！都给我滚！”

那一句“滚”，瞬间击碎了黄云歆的心，她打开病房的门，头也不回地走出去。那扇门阻隔的，不仅仅是安雨哲和尹懿菲，还有她和安雨哲那承诺过至死不渝的曾经。

【4】

筹备结婚的第一天，王恣岚和黄云歆就大吵一架，那天是星期五，王恣岚特地向单位请了假赴约。在西单街边拥挤的小店里，黄云歆试穿了一件红色的紧身小礼服，一边照镜子，一边问王恣岚：“这件衣服买来结婚那天穿行吗？反正只穿一天。”

王恣岚气得脑袋快要炸开，试衣间里，两个人横眉怒目，这样的黄云歆，王恣岚用一句话形容她对于结婚的态度：“看不到笑脸，不精挑细选，开个车去哪都嫌远，美其名曰一切从简。”

结婚当天，黄云歆真的穿了那件400块钱买来的红色小礼服，台上与老马约定终生说得一诺千金，台下挽着老马与来宾觥筹交错，秒杀红包塔，老马笑得乐不可支，王恣岚在一旁帮忙往杯里续“酒”。其实，黄云歆早就趁所有人不注意将敬酒瓶子里王恣岚准备好的矿泉水都换成了52° 的白酒。

黄云歆是在婚礼结束之后被老马和王恣岚架到酒店门外，

等车开到门口的间隙，她用最后的意识看清了对面酒店门口安雨哲和尹懿菲的巨型婚纱照，笑着睡了过去。

一个人，离开有他离开的理由，所有自顾自的忙碌都是离别的前奏，也许那条风雨交加的路，我们光着脚走到最后注定被疼痛模糊了所有的风景，直到习惯阳光下浮现的面容里那些曾经读不懂且不敢触碰的凉薄，从在每一个华灯初上的夜空倔强地祈求着月明星稀，到能够淡定自若地在灯红酒绿的同城中坚强地各自生活。

也许没有人知道，忘记的本质，是与过去的自己抽离，等和那个人一起吹散在风里，然后寄一座城，你所栖屋檐下的那个人，会用他的体温伴着你，度此浮生。

习惯是一剂进退两难的毒药

1. 年少锦时，微雨燕双飞

【1】

认识飘飘的那年，赵韫铭16岁，两个人就读于实验中学，因成绩优异被分到同一个班级。飘飘比他小两个月，两个人在多次周考、月考、模拟考中都稳若泰山地霸占着年级排名一、二的位置并暗中较劲，交替上位，谁也不服谁。

飘飘总是喜欢在洗完澡之后裹着浴巾坐在阳台的藤椅上晒太阳，再喝一杯美容养颜的果汁，到头发被太阳晒到八成干，再涂上精油按摩，一头长发如这样悉心呵护之后，变得格外柔顺亮滑，全身用雅诗兰黛香体乳擦过之后，皮肤在阳光下越发光亮，吹弹可破。

这天，飘飘一切如旧，忽然看到玻璃上有一个人影，她捂紧胸前，猛一回头，是赵韫铭！此时的飘飘如同见鬼一般跑进了卧室，瞬间换好了衣服，深吸了几口气才闹明白，原来隔壁那 280 平方米一直没人住的精装修大跃层原来是赵韫铭家的！真是冤家路窄！

这时候，门铃响了，用脚指头想都知道是谁。飘飘拒绝开门，赵韫铭在门外大喊："我不该看的，不是都看到了吗？"听见赵韫铭在外面窃窃地笑，飘飘打开音响，开到最大音量，震得地动山摇，心里恨恨地想一把捏死这个坏蛋。打那以后，飘飘从来都是穿戴整齐坐在阳台的藤椅上。

赵韫铭家的那套房子，距离学校只有十分钟的路程，是父母为他冲刺高考而准备的。他与飘飘住得这么近，与其说是一种巧合，不如说是一种宿命。两人上学路上相互斗嘴，放学路上讨论学习成果，便成了两个人的日常生活。

习惯本身，是一种无可救药的慵懒，懒到懒得去换一个人进入自己的世界，懒得换一种方式生活，就像每天的日升月落，倘若一如往昔，便会万事大吉；如若一反常态，便是天塌地陷。

【2】

高三的上学期，飘飘的成绩下滑很严重，从年级前两名到三十名再到一百名开外，只用了两个半月的时间，后来干脆请了病假。赵韫铭每天去上学之前都去敲飘飘家的门，无一例外，就是没有人开门。

赵韫铭开始在放学以后观察飘飘的家，到了晚上从来没有光亮，落地玻璃的反光里，客厅没有任何人走动的影子，房间里的摆设似乎没有动过的痕迹，就连阳台上的藤椅，还是朝着最初摆放的那个方向；有的时候，半夜醒来，他跑到阳台向飘飘家张望，但房间里仍然一片安静。“飘飘啊，你在家吗？你到底去了哪里？你还好吗？”赵韫铭看着月亮，在心底一遍一遍默默发问。

有时候，我们可以接受一些小小的变化，比如赵韫铭，他可以接受某一次考试自己的名字排在飘飘的后面，也可以接受飘飘某一天能和颜悦色地跟他说要去门口的快餐店吃卤肉饭而不是去学校的食堂，还可以接受在上学的路上，飘飘递给他一盒特仑苏，然后一路上没有了争吵就到达学校；然而他不能接受的是，飘飘的名字出现在“缺考”的名单上，手机一直处于无人接听的状态，那个放着白色藤椅的阳台上没有了她的身影……总之，他就是不能接受生活中突然没有了飘飘。

依赖，是一种发自内心的信任，它源源不断地在时间的流淌中释放着关怀，却以润物无声的力量扎根在心灵的沃土，日复一日用笑容和温暖灌溉，陪伴彼此抵御风雨的吹打后，看碧空如洗，待枝繁叶茂；倘若中途被拦腰砍断，那种痛至无泪的隐忍，无声却翻滚的期盼，就如同这流着木浆的躯壳，无处安放。

【3】

赵韫铭开始整夜整夜不能入睡，他相信自己的心灵感应，他感到飘飘一定就在离他不远的地方。

一天早晨，他冒着“私闯民宅”的风险，找来了开锁匠，打开了飘飘家的房门。

他永远忘不了打开门的瞬间看到的情景：飘飘穿着睡衣，披头散发地躺在卫生间冰冷的浴缸里，睁开的双眼一动不动地看着天花板，眼角叠着一层又一层的泪痕，身边有堆积如山擦过泪水的纸巾。他把纸巾捡起来放进垃圾桶，却意外地在下面看到了三把不同款式却异常锋利的刮眉刀。

赵韫铭吓得想把飘飘从浴缸里抱出来，却感觉到了她额头滚烫的温度，发着高烧却冒着虚汗，唇无血色，面如枯槁，她比以前更瘦了。倒了一杯水给她喝下，却几乎在同一秒吐了出来。

“飘飘，飘飘，你还好吗？这些天我一直在找你，你怎么了？你这是怎么了？”

无论赵韫铭如何咆哮，飘飘仍然目不转睛地把头靠在浴缸上，半晌，面无表情地说：“听说，把这个浴缸装满水，在手上划一道，就会有血滴落下来，在水里开出一朵一朵红色的花，然后躺在水底，让头发漂在水面，就能看到天堂的光，韫铭，是这样吗？”

赵韫铭听到这些，吓出了一身冷汗，马上抢过她身边的修眉刀。正当他想探知这些天在飘飘身上都发生了什么，才致使她变成了现在的样子的时候，一个年轻漂亮的女人带着几个壮汉夺门而入，二话不说，开始搬室内的家电。赵韫铭拿起电话刚要拨 110，只见飘飘在浴缸里捂紧耳朵、闭紧眼睛，歇斯底里地喊道：“让她搬！”

随着震耳的摔门声，房间内的所有“大件”被洗劫一空。赵韫铭抱起蜷缩成一团浑身颤抖的飘飘，穿好衣服直奔医院。突如其来的变故让赵韫铭猝不及防，抱着怀里这滚烫的身体，想起她刚刚说的那些话，依旧惊魂未定。

由于呛水导致的肺内感染和上呼吸道感染引起的发烧让飘飘几度昏厥，更加让赵韫铭没有想到的是，飘飘居然已经患有抑郁症长达一年多了。

清醒的时候，飘飘告诉他，七岁那年母亲因病突然离世，父亲忙于生意在世界各地东奔西走，两年前娶了一个比她大 6 岁的“小妈”，搬离了这所从她出生就一直居住的房子。

去年 11 月，“小妈”又生了个小弟弟，喜出望外之余，便打起了把这套房子过户到她名下的主意。这房子虽然是父亲的名字，但却是母亲留给她唯一的念想，父亲也曾经许诺把这套房子留给她，但因经常在国外，所以国内的大小事务还是由“小妈”一手遮天。

飘飘说这些话的时候，虚弱中透着满眼的绝望，她把头侧靠在枕头上低语，没有流出一滴眼泪，然而每一个字都像一把尖刀，扎在赵韫铭的心上，癫狂地抽搐着。

我们于草长莺飞的季节以朝气蓬勃的姿态一路向前，习惯了你跟随着我的步伐与我并肩前行，却没有发现，你拖着肿胀发炎的伤口，还不忘拉我去看沿途的美景，陪我等待明天的日出。然而当我回过头去，看到的却是鲜血滴过了来时的路，而你却依旧能够在我的身旁笑靥如花。

【4】

飘飘是动过自杀的念头的，那是周一的晚上，赵韫铭的心莫名地烦躁，就去餐厅打包了鸡汤给飘飘送去。在病房门口，他简直不敢相信自己的眼睛，只见飘飘站在房间的外窗台上来回走，她张开双臂，任凭风吹着头发，嘴角上扬露出浅浅的酒窝。

抑郁症，一个可怕的杀手，它把绝望、哀伤、颓废等情绪拍成电影日以继夜持续地在头脑中放映，不得一刻的停息，如飘飘一样，无论在17层的楼底，还是在装满水的浴缸，死后，都可以变成一朵花，娇艳地绽放。

赵韫铭一把抱住她往回拉，两个人摔倒在房间的地面，飘飘趴在地上一边哭一边说："韫铭，离开了医院我去哪里？我已经没有家了！我已经没有家了……"

这七个字，让赵韫铭的心紧紧地揪在一起，他不会再让飘飘回到"小妈"准备的房子里，他决定带飘飘换一个地方生活。

改变人生的轨迹需要多大的勇气？这等同于你已经在一条路上蓄势待发，甚至按部就班地走过去就可以达成目标，但此时必须要放下现有的一切去面对一个崭新的世界，开启一段未知的人生，如若成功，破茧成蝶；如若失败，玉石俱焚。

在赵韫铭准备出国的时间里，飘飘经历了异常痛苦的抵抗抑郁症的治疗，强烈的电击和持续的药物让她时刻处于半梦半醒之间，经常睡得不知道白天黑夜，但每次清醒的时候，她都会想到赵韫铭的脸，想到他描述的城堡和花海，心中透过了一缕希望的光。

【5】

托福、考试、签证……赵韫铭闯过了一关又一关，终于如愿以偿地带着飘飘坐上了直达巴黎的航班。他特意选择了一个靠窗的位置，让飘飘好好看看窗外那刺破云层的阳光。

从巴黎转车去日内瓦，再坐观光列车到因特拉肯，那是一个湖光山色间幽静迷人的小镇，赵韫铭带飘飘住进了一栋木质的别墅，别墅的门前开满了不知名的白色小花，放眼望去是起伏的山丘和茂密的树林。

向房东借一辆自行车，赵韫铭带着飘飘到布里恩茨湖，在翡翠绿的湖水里看彼此的倒影。坐在草坪上，感觉她美得像一幅油画，他真切地希望这里美丽安逸的生活能让她尽快好起来。

赵韫铭还给她讲苏黎世大学的情况，希望在飘飘康复之后，带她去苏黎世的咖啡厅和图书馆，带她去苏黎世湖边听歌剧……飘飘听着这些，伸手挡住了从树叶的斑驳里透出的阳光。

【6】

星期天一早，赵韫铭去何维克街给飘飘买花，出门的时候，特地回头把房间的窗帘拉严，希望飘飘能多睡一会儿，走之前，用脚尖轻轻走到床边，吻了飘飘的额头。

睡眼蒙眬中，飘飘看着赵韫铭离开房间，随着木质楼梯的脚步声渐渐远去，她坐了起来，看着房间里的摆设，一件一件拿起，用毛巾仔细擦拭，又放回原位。在书桌的角落里有一个16开的白色木质相册，里面的每一页都由切割整齐的轻薄木片组成，连相片的四框均为木质，上面有一张赵韫铭亲手做的标本，来源于一棵上百年的大灌木，上面写着“Lake Brienz,September 10th”

此时此刻，飘飘环顾四周，似乎每一件东西都嵌满了回忆，这些回忆就如同电影胶片，在脑海里一张一张过，越转越快，越来越清晰。房间里，她对韫铭说过的话——“韫铭，你去读书吧，不要管我”、“韫铭，你去上课吧！我不能耽误你”、“韫铭，你这样一直陪着我，我真的罪孽深重”……一直盘旋着。

她飞快地跑到梳妆台前，看着镜子里的自己，瘦削而憔悴，她感觉身边全部被黑色的空气笼罩着，而且越压越低，越压越低，她急促地向外呼着气，似乎快要窒息，随手拿起一把刮眉刀，向左手臂动脉割了过去。

割下去的头三秒，飘飘长舒了一口气，看着血渐渐地漫过伤口，从一滴滴，变成一条条，她感到了前所未有的畅快。随手拿了一条毛巾缠在上面，安静地等待第一滴血浸透这纯白的颜色，她坐在地上，后背靠着床，轻松得快要飞起来。过了几秒，她感觉嘴唇正在变得微凉，就在那一秒，她想起赵韫铭亲吻她的温度，笑着昏厥过去。

飘飘最终还是离开了他，在梳妆台上，有一张粉色的卡片，上面写着：“谢谢你如此爱过我！”

赵韫铭打开房间的门，看到发生的一幕，他拿起卡片，跪在地上，右手捂着胸口，心跳快要封喉，他用力从门口爬到飘飘的身边，抱起她，泪水成片成片地倾洒在飘飘的白色衬衫上，然而她手臂上的血，一滴都没有流在房间的地面上。

是什么样的力量，能让飘飘在离开的那一刻还想着给心中所爱留下最美好的一面？是怎么样的意志，能让她在模糊的意识里和极度的痛苦中仍然想着留下甜美的微笑？想到这些，赵韫铭泣不成声。

“妈妈，我不会再回去了，我要定居在这里，以后的每一个秋天，摘一片红色的灌木叶子，嵌在木质的相框里。”MSN上，赵韫铭如是留言。

赵韫铭拉开窗帘，成群的鸽子飞过墨绿色的草坪，穿过灌木丛，飞向远处的少女峰。振动翅膀的瞬间，会听见整齐的沙沙声，它们会带去思念，带给那个在如梦如幻的年纪里陪伴走过的那个名叫飘飘的女孩。

2. 世界之大，只要有你

【1】

阿诺在苏黎世大学读建筑设计，最喜欢在没有课的周末下午到老城的民居聚集区，在街边找一个门面朴素的咖啡店，坐在木质古旧的深棕色桌椅上看着盛开着一簇簇玫粉色绣球花的庭院，点一杯摩卡配马卡龙或抹茶蛋糕——建筑会说话，会将这座城市的历史逐一讲述。

阿诺喜欢如此这般静待时间的流淌，目光所及的地方都会留下思考，灵感爆发的瞬间，有慵懒的阳光倾泻。一回头，看到 waiter 甜美的笑容。

老武总会不合时宜地打来电话要阿诺还回相机，说要和驴友一起去山顶露营拍明早的夕阳，但是只要吴昊一个电话过来，所有人立马倦鸟归巢。不为别的，三个大男人，只有吴昊会做得一手好菜，周末有时间便会去购物，顺便做一顿中餐以抚慰大家长期被奶酪和巧克力包裹的胃。

与阿诺和老武不同的是，吴昊真是被上天宠坏了的“尤物”，隔一段时间身边就会换一个女孩，而且个个肤如凝脂，楚楚动人。每到这时，老武就会恨恨地夹起一大块红烧肉，感叹只有吴昊头顶的云彩有雨，然后诅咒他终会遇到一场“洪涝灾害”。

吴昊却不以为然，初次见面的介绍均以“wife”开头，后来阿诺和老武也习惯了，无论前方唱罢后方谁登场，都表现出一如既往的热情，给足了面子，用以换取下周末的大餐。

但昊哥也有开小差的时候，比如这个周末，他毅然决然地睡到了艳阳高照，起床以后就开始从头到脚拾掇起来，洗澡剃须吹头发贴面膜一样都不能少，最后还要把所有的衣服从衣柜里掏出，来一场服装搭配的车轮战。阿诺和老武一看这架势，俨然知道晚上的大餐梦想泡汤，自动自觉去超市买了食材，准备晚上涮羊肉。

美食配美女的场面几乎每周都会在这个异国他乡的木质小别墅内上演，但是与以往不同的是，随着昊哥的车灯熄灭、手刹拉起，好像有两位美女从车上下来，而且不一样的身高，一样的美貌，前者是肤白高个儿大长腿，后者是活泼小巧卡哇伊，阿诺和老武趴在窗户前对视了一下，顿感脑门堵塞，血压爆表。

这厮回来得真是时候，进屋的那一刻，锅里的水刚刚翻开，昊哥气定神闲地拿右手搭在了高个儿美女的肩上：“今天是买一赠一啊，两位美女光临寒舍，顿感蓬荜生辉三生有幸，大家都是自己人，今天晚上嗨起来啊！”

阿诺和老武赶忙腾地方搬椅子招呼两位美女落座，第一波肉吃光了才弄明白，高个儿的美女叫蒋子姗，她是昊哥今晚的“wife”；另外一位叫悠悠，是蒋子姗的室友，这就是所谓的“买一赠一”。知道真相的老武赶忙给两位姑娘倒上鸡尾酒，再次隆重地表示诚挚而热烈的欢迎。

吃过了饭，悠悠不想打扰蒋子姗和昊哥腻歪，阿诺便送她先回公寓。一路上，两个人从欧洲的文化史聊到设计的构思，竟发现彼此观赏的角度和文化品位不谋而合。交谈之中，阿诺才得知悠悠是来艺术学院学习美术的。

从那以后，两个人的足迹遍布苏黎世的大街小巷，在公园里看雕塑，在苏黎世湖边喝着咖啡眺望远处的雪山，看优雅的天鹅徜徉在泛着犹如花瓣般波光粼粼的湖面，然后成群地扎进燃烧着的落日余晖里。

这一世的相遇，原本就是对上一世别过的追问，前世的烟雨潇潇中匆匆放手，而后随落花抖泪，肝肠寸断，化作此生的一见如故。原来遇到对的人，就是在你的世界，我可以遇见曾经梦想的所有美好。

【2】

又是一个周末，老武跟吴昊开始了对阿诺的电话轰炸，控诉他搬去和悠悠同住以后重色轻友的斑斑劣迹。阿诺下班后，买了牛排和意大利面前去赔罪，依旧是吴昊下厨，但和以往不一样的是，今天他身边没有姑娘。

阿诺一看，这是要弹劾自己的节奏，做好了表面上嬉皮笑脸，实际上死猪不怕开水烫的准备，没想到吴昊却只做了他和老武两人的晚餐，还留了满满一水池自上周就剩下的餐具让阿诺清洗。

无奈之下，只好接受劳动改造，好不容易干完了活，老武和吴昊又开始了“阿诺批斗会”。最重要的一项内容就是阿诺的工作问题，这才是今天的正题。

阿诺比悠悠大两岁，为了能时刻陪伴在悠悠身边，两月前已经毕业的他不但主动放弃了去法国深造的机会，而且拒绝了一家工作地点在苏黎世以外的公司，宁愿在一个法国人开的小公司从最基层的岗位做起。琐碎、机械、繁杂且重复的工作让加班成了常态，用老武的话说就是，阿诺认识悠悠的一夜之间，梦想从青云之志变成了小富即安。

老武和吴昊你一言我一语，由浅入深，由表及里，说得那叫感情升华主题深化。不知不觉喝下了一打鸡尾酒，阿诺笑了笑，镇定自若地说：“我最大的梦想，就是能跟悠悠永远生活在一起，这就是我想要的未来。”

话一出口，房间里短暂的鸦雀无声过后，老武和吴昊被这个让爱情冲昏了头脑的倔强小青年气得上蹿下跳，成功围追堵截之后拳脚相加。打到正嗨的时候，悠悠推门进来，只见阿诺立马稍息立正站好，一边拍拍身上的灰尘，一边热脸相迎眉开眼笑，这表情，怎一个“贱”字了得？

无论老武和吴昊在背后怎样投来鄙视的目光，小两口还是头也不回地携手踏上回家的温情之旅，悠悠靠在阿诺的肩膀，看着车窗外川流不息的景象，一言不发。

【3】

又一个清晨，阿诺来到“单身汉”公寓，用脚踹开吴昊的房门，一拳打在他熟睡的脸上。还没等吴昊反应过来，另外一拳又招呼过来。老武见状赶紧上去拉架，却被阿诺踢到了墙角。

“发生了什么事情？”老武惊呼，然后把流着鼻血的吴昊从地上扶起来。

只见阿诺站起来热泪盈眶地大声咆哮：“悠悠休学了，她没打一声招呼就走了，只是留下了这张纸条，要不是我工作的事情让她听到，她怎么会走？”

老武接过纸条，上面写着：“诺，去走你该走的路，我不值得你放弃前程去宠爱。”

吴昊嘴角的瘀青越来越明显，他随手抽了两张纸巾止住血，随后打开钱包取出里面全部的现金和一张信用卡，对阿诺说：“去找她吧，她应该回国了。”

阿诺失魂落魄地跑了出去，吴昊不放心，带上老武开了车在后面追，三个人直奔机场。

漂洋过海历经 17 个小时，阿诺终于到达了悠悠的家乡，一路上只喝了一瓶矿泉水，眼前无数次盘旋着吴昊第一次介绍的时候，自己沉默不语却心跳到窒息的狂喜、每一次加班到深夜，回到家却依然能吃到悠悠煮的醇香浓郁的意大利面、在苏黎世湖边发现成群的白天鹅时她嘴角那浅浅的酒窝……他脑子里满满的全都是悠悠，就像苏黎世雪山顶端环绕的白雾，挥散不去。

想念就像机翼穿透的白云，被若干次分割却还原成无边无际的辽阔，一个个片段随空气的蔓延凝结成一片片过往，那里有我给过的拥抱、哼过的歌，也有你说怕黑而牵手走过的小巷蹚过的河。就像握在手里的这张单程的机票，如果没有了那个人，无所谓去到哪里，无所谓过怎样的生活。

从机场到悠悠家的计程车上，阿诺紧紧地握住自己的手机，因为里面有悠悠曾经给他在地图上圈起的地址，他截屏记录了下来。他永远都不会忘记，悠悠曾郑重其事地对他说：“阿诺，我终究会在这个地方出嫁，娶我的人会是你吗？”

想到这里，他望向窗外，看路边成排倒退的树在眼前渐渐模糊。

【4】

阿诺的计程车从离悠悠家不远的咖啡店门口疾驰而过，又猛地急刹车迅速倒回，因为在咖啡店的玻璃窗里，有一个只要经过就绝不会错过的身影。

阿诺下车的时候，悠悠看到了他，于是破门而出，沿着街路飞快地向前奔跑，阿诺喊着她的名字在后面追：“悠悠，你到底知不知道，如果我把大部分的时间都用于追逐，那么谁留在原地陪你？”

悠悠突然转身停下脚步，泣不成声，两腿不由自主地发抖，需要双手按住膝盖保持平衡。低头的瞬间，大颗的汗夹杂着泪水滴落在柏油马路上，她头痛欲裂，直起身，冲马路对面的阿诺大声喊：“你知不知道，其实我可以……”

话还没有说完，一辆公交车在马路的中央疾驰而过，阻断了她与阿诺的视线，跟在它后面的SUV突然加速变道试图超越，在“砰”的一声巨响过后，冗长刺耳的急刹车划破天际，阿诺向车辙延伸的方向看过去，悠悠在那辆白色的SUV后面，腾空之后被重重地摔在地上，一动不动。

阿诺不敢相信眼前发生的一幕，他连滚带爬到悠悠身边，一遍一遍呼喊着她的名字，一次又一次擦拭着模糊的泪眼，只为了看得再清楚一点。在撕心裂肺的呼喊中，天崩地裂的绝望排山倒海地袭来，阿诺感到他的世界瞬间崩塌，支离破碎，他用尽全身的最后一点力气跪在地上，伸手轻柔地把悠悠抱在怀里，尽管身体和双手都沾满了鲜血。

“找一个背山面水四季如春的镇子小住，河里的竹筏上，黝黑健硕的船夫在微笑地哼着民歌，竹筏的后面跟着十几只褐色的野鸭，穿着白色连衣裙的悠悠，脚踏清晨阳光斑驳的石板路，看河里的锦鲤时而探头亲吻水面翠绿的垂柳。”很多次，阿诺想到这样的画面，然而每一个去到的地方，都因为有了悠悠，才成了风景。

爱情会把生命里路过的所有景致小心翼翼地嵌满丰盛的美好，于是，无论生死聚散，有你的时光，便是我的一世，而那一块一块标注着编码的回忆，便足以陪伴我走完来生。

【5】

这场突如其来的变故虽然没有带走悠悠的生命，但却让她在ICU监护了12个昼夜，之后就陷入了昏迷，不知道生命是否可以延续，不知道什么时候能够醒来，不知道记忆还是否存在，一切都是未知。

“其实我可以……”这句话一直在阿诺的脑海中打转：其实我可以陪着你，其实我可以去找你，其实我可以更爱你，其实你可以的，我也可以……抑或根本就没有后面的省略号。

男人深爱一个女人的时候，总会把她当作未经世事的孩子，太多的事情，他们选择了隐忍而不是倾诉，保护而不是裸露，坚持而不是帮衬，执着而从不退缩。然而当夜深人静，他们只能独自舔舐孤单，夜，便是陨落到重生的过程。

“去走你该走的路”，原来这不仅不是离开，不是限制，反倒是一种意味深长的等待，只因你在前行中从未放下过我，所以我拼了命也不会让你再放下梦想与明天。

【6】

阿诺安顿好悠悠，便踏上了采风之旅。他开着车，每到一个地方，就会寄一张明信片给她，让身边的人读给她听那里的故事，就好像把她带在身边一样。

悠悠，我又寄了明信片给你，这个季节的青海湖，蓝宝石般的湖面与天空衔接，抬头看湛蓝的苍穹有大朵的白云悠闲地飘向远方墨绿色的山峦，鸬鹚和棕头鸥成群地迁徙，它们飞过了金黄醉人的油菜花海，飞过了塔尔寺舞动的经幡和清幽的桑烟，曾经的阵痛与伤痕随风荡涤。

我遇到一个有着清澈的眸子和风吹干红脸蛋的8岁藏族小女孩，她问我为什么是一个人，我告诉她我终会回到你身边去，她吻了我，送我一条洁白的哈达。我会亲手给你戴上，在我无数次魂牵梦萦的那个最美的重逢。

3. 人生若只如初见

【1】

在苏苏的朋友圈，藏匿着上自律师医生下至卖二手车倒药的各色人等，而她，是个彻头彻尾的“坐家”，就是坐在家里，写一些世态炎凉人间百态，隔一段时间不看新闻联播，就会被小岛贴上“无病呻吟”的标签。每到这时，苏苏就会不屑地端起酒杯，说起她“达则兼济天下，穷则独善其身”的进退论，最后还得在一口气干下一杯酒的同时嫌弃地说“你这只小鸟”。每次她这样说，小岛都会认真地纠正：“dao，三声，岛。”苏苏却从来都当作没有听见。

苏苏是在小岛的引荐下认识勇哥的，说起这事，当初小岛着实尴尬。勇哥全名叫杨勇歌，话说那是一个风和日丽的下午，苏苏给小岛发信息说要出来喝酒，小岛懒得理她，不一会儿，一个电话杀进来，接起就开始咆哮："你这只小鸟又飞到哪去了？赶紧发个位置过来！"随后不管小岛怎么跟她说有正事要忙，还是抵挡不住苏苏的信息轰炸，只好妥协。

这个被小岛称为"疯一样的女子"的女子果然不负盛名，以闪电般的速度赶至"Road 咖啡"，全然不顾小岛的白眼，郑重其事地自我介绍："我叫苏苏，苏乞儿的那个苏。"她每次都是这样跟别人介绍自己的。然而正因为这样的开场白，小岛才不愿把她介绍给勇哥，可现实状况是，每次都被她逼到穷途末路，没有任何回旋余地。

小岛配合着咖啡馆里萦绕着的清幽纯音乐小声地介绍："这是我的好朋友苏苏。"修长的手指再转向勇哥："这是我的大学同学杨勇歌，武汉人。"

正常的情况下，一定会相互握手以表敬意的场面，苏苏却满脸疑问地说："你这只小鸟，说话也不说明白，你倒是介绍清楚，杨勇歌，到底是杨哥，还是勇哥啊？"此话一出，让小岛简直无地自容，还好勇哥叫了服务生添了杯咖啡，才打破了这尴尬的局面。

于是大家落座，可苏苏还是紧接刚才的茬："哎，不管小鸟叫你什么，反正我以后就叫你勇哥了！"

让小岛意外的是，苏苏与勇哥的第一次见面竟相谈甚欢，离别的时候，勇哥双手为苏苏递上名片，苏苏竟然提意见说应该与时俱进加上二维码，小岛又瞬间冒出了一手心的汗。

看着勇哥的车驶离，小岛终于舒了一口气。看到苏苏脸上春花烂漫的灿笑，想到过年时不要忘记在某宝上淘一个“最佳损友”的证书，然后在年终的party上以压轴的方式颁发，于是转身钻进车里，疾驰而去。

【2】

勇哥是一个上市公司的销售总监，黄河以北所有省份及直辖市的业绩都由他掌管，虽说不上位高权重，但是每年的收入还是够得上七位数的。基于这点，苏苏毫不客气地拍拍勇哥的肩膀说：“以后我去哪都带着你，我带着你，你带着钱。”听到苏苏这样说，勇哥用力点头，发自内心地笑。

从那以后，苏苏就在朋友圈把勇哥设成了“星标朋友”，有事没事都会聊两句。从天气聊到用什么牌子的洗发水，再到最近有什么比较好看的电影，勇哥每次都会一本正经地有问必答，再附上自己的评价。每当这时，苏苏就会躺在自己的床上拿着手机笑得前仰后合，因为毕竟这种有一句没一句的对话，不用如查过百度一般，一板一眼地回应。

有一次勇哥下班早，正好公司不远处有一家超市新店开张，勇哥想到总是在外面应酬，吃腻了餐厅的饭菜，决定亲自下厨做一顿饭。刚进超市，还没等开始选购，就收到了苏苏的消息。

勇哥只说想给自己做点家常菜，抚慰一下在应酬的酒桌上筋疲力尽的胃。苏苏就开始启动人肉菜谱模式，消息如排山倒海地涌进，从什么菜、用什么主料和配料到怎么炒才好吃，不厌其详。勇哥没有把消息全部听完，直接发了一个位置："我在这个超市，要不你过来？"

两个人欢天喜地买了两购物车食材，从生鲜到零食再到酸奶饮料鸡尾酒，应有尽有，俨然一副要回家开一个小型 party 的架势。推到超市收银台，苏苏很自觉地在扫码之后分装食物，力图做到既节省空间又分类得当。装好以后，只见勇哥没等收银员说出消费的金额，就直接递上一张卡，然后换来一条蜿蜒曲折的购物清单。苏苏却在为自己踏上这条蹭吃蹭喝的康庄大道而一路暗爽。

这是苏苏第一次来勇哥的家，简约明亮，一尘不染，最让她惊讶的还是纯白色意式沙发旁那株玫粉色蝴蝶兰插花和那套价值不菲的意大利进口整体厨房，让她不禁感叹，原来勇哥这历经世事的外表下竟是如此精致的小男人。

四十分钟，牛排、三文鱼片、奶油蘑菇汤、西兰花蔬菜沙拉、一瓶早已醒好的红酒悉数上桌，都是勇哥的拿手菜。摆盘的时候用奶昔做一个拉花，放切开的圣女果点缀一两片薄荷叶，看上去就像是一盘盘艺术品。

两个人从夕阳西下到华灯初上再到夜深人静，红酒鸡尾酒轮番上阵，从时事新闻聊到职场哲学，从学习经历聊到恋爱过往。苏苏跟勇哥说了她大学毕业后留学欧洲时伤心的情感经历，勇哥跟苏苏说他是如何一步一步做到今天的职位，相谈之间，百感交集。

我们都曾在初识某个人的时候按照自己的感受给对方贴上标签，但是当你真正来到他长期生活的环境里，窥探在关着灯的房间里与孤单寂寞相遇时的面孔和表情时，才能真正了解。

【3】

借着酒劲，聊天逐渐向深入迈进，勇哥曾有过一段短暂的婚姻，前任是他同系不同年级的大学同学，两个人从恋爱到结婚，走过了八个春秋，却在结婚三年之后戛然而止。勇哥说这句话的时候，拿着一个 ZIPPO 打火机，打火机的右下角，清晰地刻着“喵喵”。

打火机是喵喵用第一份工作的工资送给勇哥的，磨砂钢质，棉芯位置有被反复替换的痕迹，正面的左下角磨得发亮，随着火石的摩擦，明艳的火光欢快地跳跃着，像是在锋利地提醒着在那静如琥珀的时光里封存的春花秋月。

勇哥从衣柜的底部拿出了一个粉色带蝴蝶结印有Hello Kitty的盒子，里面全都是喵喵的东西，有莫扎特的琴谱、几米的画册、陈奕迅的CD和他在生日、节日、纪念日送给喵喵的各种礼物，还有他们的结婚戒指和一张银行卡。

在盒子的最上面一层，有一个透明的文件袋，里面是一张水蓝色的16开信纸。拆开，上面只写了“勇，我太累了，离婚吧！”短短的几个字却重若千斤，在信纸的空白处，清晰可见反复被泪水打湿又晾干的痕迹。

勇哥说，在那“有情饮水饱”的青葱岁月，喵喵的爱，是心甘情愿跟勇哥去免门票的公园，安静地躺在草坪上晒一整个下午太阳；是去食堂打一份宫保鸡丁，借口怕长胖只吃里面的花生和胡萝卜丁；是谎称要去参加社团活动而偷偷溜出校外教小朋友跳舞，然后攒下钱在冬天为他买下一件新款Columbia羽绒服……勇哥满脸惋惜。

爱是在生活的每一个细节里时时刻刻无条件的付出，是无论成功还是窘迫都不离不弃的坚定，是放弃了自己的梦想，只为了能多陪在你身边的守候，是你无论多晚回家，都有一盏灯为你等待的温暖。

勇哥是幸运的，结婚的第一年，遇到了一个大客户，在长达三个月的公关和跟进之后，终于拿到了一笔颇丰的提成。他去周大福，想用一枚钻戒来替换喵喵手上那枚结婚时仅花两千块钱购置的白金指环，却被喵喵生拉硬拽回家，劈头盖脸教育了一顿。

第二天，勇哥主动去公司财务那里更改了银行卡号，这就意味着日后勇哥的所有提成都会一分不差地在第一时间打进喵喵的账号。这样的举动就等同于一个承诺，它胜过千千万万的甜言蜜语和山盟海誓。

“苏苏啊！你说这样的感情，怎么可能走到穷途末路的呢？”勇哥在哽咽中喝下整整一杯红酒，低着头背靠沙发坐在地毯上，拉长的身影被月光蒙上了一层冰冷的纱。

那天勇哥喝得很醉，苏苏扶他去卧室睡下，回到客厅收拾喝酒剩下的“残局”，却意外地发现，在喵喵留下的箱子内侧，有一个夹层，夹层里面有一个笔记本，是一本日记。

【4】

当年勇哥的事业发展得顺风顺水，业绩在公司遥遥领先，从普通业务员到销售主管再到区域销售总监，他只用了三年的时间。他永远不会忘记两年前发年终奖后，他和喵喵两个人拿着所有存款买下这套房子，拿到钥匙时喜极而泣的瞬间——那是在刚刚毕业的时候想都不敢想的一幕。他还清楚地记得喵喵当时拿着他给的那张银行卡郑重其事地说："你打进里面的提成我一分钱都没有动哦！"大眼睛忽闪忽闪地眨，在阳光下格外明亮动人。

打那以后，勇哥站在向小康生活冲刺的起跑线，一路向前。有时直接与客户一起睡在洗浴中心的客房，有时出差一走就是半个月，后来就演变成这样一种状态：喵喵下班的时候，看到卫生间的整理箱里有换下的脏衣服，便知道勇哥回来过。

其实，喵喵对勇哥的忙碌是理解并支持的，但是让喵喵委屈的是，为什么即使回到家都不能给自己打一通电话？为什么内裤和袜子不能随手洗干净？为什么在家吃过饭的碗不能洗干净放进消毒柜而是要堆在水池里？这里到底是家还是宾馆？两个人经常因为诸如此类的小事隔着电话争吵。

爱情总是被细节打败。当琐碎的点滴从四面八方排山倒海地袭来，当冗长的等待换来的却是理所应当的给予，争吵便一触即发。而最让喵喵受不了的就是勇哥的那句："你不就是上那么几个小时的班，然后回家干点家务？"这句话等同于否认喵喵对于这个家全部的付出，曾经的甜蜜也在互不相让的拉扯中一点一滴持续地消耗着。

真正让喵喵下定决心离开勇哥原因是，就在去年，喵喵发现自己怀孕了，可当她把这个消息告诉勇哥的时候，她感觉他好像早就知道会发生这样的事情，空气中充斥着蓄谋已久的味道。

与其他婚姻不一样的是，喵喵是学舞蹈的，原本可以做一名专业的舞者。但是为了不四处奔走演出，以便有更多的时间陪伴在勇哥的身边，她放弃了自己的梦想，放弃了热爱的舞台，只去少年宫当一名普普通通的舞蹈老师，这等同于把一只鸟剪断了翅膀以后长久地禁锢在笼子里。怀孕生子，生产时候可能出现的剖宫产状况以及产后出现的皮肤松弛和身材走形，对于一个专业的舞者来说几乎是毁灭性的。

信任在一瞬间倾塌，她不知从什么时候开始做了人生的舞者，配合着勇哥做着各种表演而渐渐变得身不由己。只要音乐继续，舞步就不能停，直到心力交瘁，精疲力竭。这就是生活的惯性，在极速的奔忙中习惯了某种频率，原有的生活变成了另外的模样。

所有的爱情都始于如梦如幻的美好，我们总是在这个时候希望能和心中所爱手拉手肩并肩走向一生一世，但是不知道从什么时候开始，这条路上的两个人一前一后站成了对立面，他们之间最大的距离，就是你奋勇向前的路上，没有带上我，我倾尽全力追赶，却迷失了方向，遍体鳞伤。

天亮了，苏苏将日记合上，放在了勇哥的枕边，留下了一张纸条："人生若只如初见，何事秋风悲画扇，世界上最深的爱，是懂得。"

4. 何其幸运，能再遇见

【1】

正午时分，姜皓轩站起身，从 3 号车厢向 12 号餐车走，走到 8 号车厢的时候，听到身后有急促的脚步声，一个女人快步上前叫住他：“姜 15……姜 15……”。

“姜 15！”能这样称呼他的人，至少认识他 13 年以上。姜皓轩回过头一看，此时出现在面前的是一个亭亭玉立，长发及腰的大美女，穿一袭白色的长裙，裸色平底凉鞋，水蓝色小包挎在腰间，配上皙白的皮肤，修长的手指撩动额前那缕秀发的瞬间，姜皓轩感到如一缕清风拂过，微凉而清爽，“这不是管琪彤吗？”他一眼认出了她，喜出望外，顿时激动得有些手足无措。

管琪彤，实验中学那一届的校花，素有“莲质清颜”的美名。高中第一学期即将结束的时候，校园里举行盛大的圣诞节狂欢活动，她的一曲“孔雀南飞”跳得活灵活现，艳压群芳，一颦一笑间，像一个略带忧伤的精灵往来于天地之间，在恢宏大气的背景下，妩媚如一朵盛开的花。

姜皓轩，上学的时候是全班出了名的“逗比”，经常处心积虑和颜值排在年级前十名的美女套近乎，每天轮番上演各类服务项目，诸如买水打饭充话费，陪吃陪喝陪聊天，经常一个人顶下让教导主任七窍生烟的罪名为博取佳人一笑，用长时间的罚站和厚厚的检讨书换取美女们在教室里心安理得地上课。

记得那是高二的时候，数学课都是两节连在一起上，课间休息的时候，数学老师把做好的课件最小化，回到办公室休息。有一次，姜皓轩看到全班女生围在讲台上，就装作“误入藕花深处”，想凑过去一看究竟。

原来，美女们正在做一份国际标准智商测试，回答完随机抽取的三十道题目，系统会自动跳出测试结果。女生们测试后的数值均在 100 ～ 150 之间，姜皓轩的“测试结果”一栏却意外地显示着“15”，全班女生在瞪大了眼睛反复确认之后抱在一起笑翻了天，“姜 15”由此得名。

【2】

对于姜皓轩来说，此时出现在眼前的管琪彤，脸上没有了学生时代的稚嫩和青涩，取而代之的是闭月羞花般的清秀和甜美。

记得上学的时候，班主任老师为了提高同学们的学习效率和学习兴趣，采取了轮换座位制，每周一，以一纵列为单位，向右侧逆时针轮换座位。也就是说，每一横排相邻的两个人，有可能这一周与别人同桌，而下一周就有可能和这一周与他相邻的那个人同桌。

姜皓轩和管琪彤中间就隔着这样一条过道，但对于姜皓轩来说，却像隔着一条银河。每当管琪彤被分到和别人一桌的时候，他便会在心里千刀万剐对方千万遍而不厌倦，然后翘首企盼下一周的来临；而轮到与管琪彤坐在一起的时候，他又祈盼时间可以静止在那一秒钟。

谁知道，就是这样平淡无奇的学习生活，让姜皓轩与管琪彤之间上演了一场愿赌服输的擦肩而过。

那是在高一下学期，一个中午，姜皓轩正和自己班级的男生在球场上打球，突然从球场东侧走过来十几个人，个个彪悍，怒发冲冠，把球场上姜皓轩所在的五班男生团团围住，摆出了一副屌炸天的混混模样，分分钟就要打起来的节奏。

在第一排中间位置身穿一身黑色，梳着栗色炮头的男生，外号龙哥，右手夹着一根燃着的限量版黄鹤楼，趾高气昂地叫嚣：“你们谁叫姜皓轩？”

还没等姜皓轩应答，班长蒋劲维站出来：“呦，这不是七班的龙大少吗？怎么着，我们班在这打球，碍着你事了？”

龙大少人称“龙哥”，大名叫张振龙，家世显赫，父亲是一名律师，母亲开了一家服装代理公司，旗下代理十余个知名品牌，学习成绩优异，人际交往广泛，身后经常跟随十余名“小弟”，骨子里存在一种“想要什么，必须得到”的性格。

龙哥皱了皱眉头，一副不耐烦的表情，用手指着蒋劲维：“少管闲事！不关你的事，赶紧给我靠边站，小心溅你满脸血！”

姜皓轩看这架势，昂首挺胸挡在班长前面，说：“我是姜皓轩，来这么多人，几个意思？知道我们班打球，来做啦啦队啊？”

龙哥抽了一口烟扔在地上，用脚踩灭火苗，说：“就你是姜皓轩啊？就你啊？”

姜皓轩上前一步，厉声喝道：“就我啊！有话快说，怎么个意思啊？吃饱了到这来撒什么野？”

龙哥一边冷笑，一边用手点着姜皓轩的左肩说：“你喜欢管琪彤啊？就你喜欢管琪彤啊？”

一提到管琪彤，姜皓轩的抵抗力瞬间降为负值，预计拿出的攻击力也退回了剑弩之内，他压低了声调说：“说吧，你想怎么样？”

龙哥看着眼前的姜皓轩，心里一阵窃喜，想着“这球场上的小旋风居然能为了一个女人低下头，实属难得”，转而用犀利的眼神看了看他，不屑地说：“别废话，约球，明天中午十二点半，就在这里，谁逃避谁就是孙子！”说完这句话，吹了一声口哨转身就走。

这是一场不能逃避也不能选择的不平等约定，龙哥显然是有备而来，从进入球场开始一路占据着主动权，姜皓轩对于龙哥的套路、技巧、策略等方面却一无所知。

然而，蒋劲维拿出了班长的范儿，拍了拍姜皓轩的肩膀说：“我们班组建一支最强战队，实在不行就去6班请外援，就不信还打不过他了。”

姜皓轩听蒋劲维这样说，心里虽然有些安慰，但也还是忐忑，他总觉得不会像他说的那么简单，这明显醉翁之意不在酒。

【3】

翌日，比赛如约而至，邻班的学生都来观战，龙哥与姜皓轩面对面站着，杀气顿时蔓延开来。

龙哥嘴角微微上扬，露出一阵坏笑：“比赛开始之前，我们先来看一段表演。”说着，双手在左耳边轻拍两下，居然有啦啦队助阵，而让姜皓轩战队没有想到的是，啦啦队的领队，正是管琪彤。

蒋劲维心里“咯噔”一下，明白过来，这场比赛打的是心理战，与球技无关。

姜皓轩的脸涨得通红，一边在心里怒斥张振龙的卑鄙行径，一边装作若无其事的样子积极应战。

一曲热舞之后，姜皓轩看着管琪彤退场时的背影，心里翻江倒海。

比赛开始三分钟，龙哥进了一个三分球，随着后卫的一个长传，又进了一个三分球。姜皓轩看着对方四五个球员的面孔都相当陌生，心里犯起了嘀咕：“难道是张振龙请的外援？这个孙子！”

上半场结束，姜皓轩队以 3 : 0 惨败，就在他满头大汗拿起一瓶水正要喝的时候，看到管琪彤正穿着跳热身操的小短裙与张振龙热聊，心烦意乱，耳边还不时传来队友关于实力悬殊的抱怨。

随着一声哨响，下半场开始，姜皓轩在上场之前深吸了一口气，环顾四周，没有看到管琪彤的身影，心里面顿时觉得空落落的。正当他想着管琪彤倘若能在比赛的时候有一句“加油”

是送给他的，他也不会打得如此心不在焉。

正在这时，张振龙队的一个高个子球员拿着球在蒋劲维面前肆意晃点，起跳，把球传给了对面的队友，只见他手腕向前一扣，又一个三分球。蒋劲维看了看姜皓轩，示意对方开始玩套路了，姜皓轩感觉所有的血都冲上了脑门，心烦意乱，再看看左边，张振龙正皮笑肉不笑地看着他，中指向下，满脸鄙视。

姜皓轩感觉比赛的结果已经不可逆转，再打下去也没有什么意思，接过队友传过的球之后，狠狠地摔在地上，说："不打了！"

"呦，这么快就认输了？就你这样的，管琪彤能喜欢你？做梦去吧！"张振龙一边示意队友比赛结束了，一边挖苦姜皓轩。

姜皓轩看张振龙后面的大高个儿眼熟，快速回忆起来，突然想起之前在校外的一次比赛中见过这位，是校篮球队的，他想：这不是玩人吗？请外援跟我们打？遂捡起地上的球，朝着张振龙的后背狠狠地砸过去，一边砸一边说："真是把你惯的，请校队的跟我们打，你怎么不请姚明来跟我们打？"

张振龙猝不及防，被打了个前趴，直接趴在地上，鼻子和牙磕出了血。姜皓轩自小学习武术，但一直是"人不犯我，我不犯人"，这次他早就看不惯张振龙赤裸裸的挑衅，才不得不背水一战。只见姜皓轩三下五除二把张振龙摔倒在地，张振龙不但脸先着地，还被姜皓轩拉着双腿拖了几米。

这场恶战终于惊动了教导主任，叫来了学校保安队把这一票人马押到了教导处，说服教育一下午，被各自的家长带回了家。而姜皓轩却没有那么幸运，因为打人被留校察看处分，处分决定不但被贴到了学校公示栏里，而且在校操的时候被广播通报批评。

【4】

再次相遇的姜皓轩和管琪彤一路说笑来到12号车厢，在靠窗的位置面对面坐下，此时的火车正奔驰在乡间，一望无边的稻田上有微笑着的稻草人，清澈的溪水在阳光的照射下欢快地跳舞。

“高三那年，你去了哪里？”管琪彤这么一问，姜皓轩回想起那次处分过后，经过忙碌的期末考试就放了暑假，开学就被父亲转去了第十中学——一个高考通过率在90%以上的高中。经过了一年地狱式的学习，他转年以688分的优异成绩考取了上海大学，现在是一名精算师。

“你呢？怎么样？和张振龙……”还没等姜皓轩说完，管琪彤就打断他说：“我没有和他在一起啊！”

这一句话，让姜皓轩懊悔不已，他想到自己刚转去第十中学的时候，满脑子都是管琪彤，那卑微的样子，有时候连自己都瞧不起，多少次都想逃课再去原来的学校看一看，多少次都在洗手间流泪却不敢发出声音，但是想到如果回去看到管琪彤和张振龙牵手走在操场上，自己该是多么心痛。

令姜皓轩更没有想到的是，管琪彤到了30岁还没有结婚，听她说，之前有过一个男朋友，已经谈及婚嫁，但就在结婚的前一个月，未婚夫的前女友从加拿大回来，他便在她的世界消失得无影无踪了。

“感情是世界上最脆弱的东西，说好了要一生一世，转身就消失在茫茫人海。”说这句话的时候，姜皓轩看到她的眼里噙满了迷茫，笑中带泪。

每个人都会有不同的感情经历，或刻骨铭心或暴风骤雨，但分离之后都大抵相同，犹如一只蝉，抽丝剥茧以后，便回不到原来的模样。周围的每一条街都变得寸步难行，一起排队吃过的卤肉饭、第一次亲吻的电影院、在屋檐下避雨、你为我跑去对面的街买过的一杯热奶茶……一点点轻微的触碰都会泪流满面，随意的一丝翻动都会痛彻心扉。

往事，在相遇的时刻被记忆唤醒，所有的思念都没有被时光搁浅，当你经历的所有锦瑟流离我都能感同身受，回忆中婉约成诗，舒展成云的低眉浅笑，变成了今天的安之若素。幸运的是，是思念，让我再次遇见了那个年少时爱过的你。

姜皓轩要了两杯奶茶，他把它打开，递给管琪彤，她喝了一口，唇边沾到了小小的气泡，他抽出纸巾帮她擦拭，指尖传来柔滑脸颊上的阵阵微凉。

一切美好都来得及，最好的相遇就是我始终思念，你无谓沧桑，我们相对而坐，绽放着和从前一样的笑，任凭窗外的田野、村庄和农田，高山、大海和人潮飞驰而过。幸运的是，此刻的我们，一直都在彼此的身边。

5. 月华疏影，始终守护

【1】

笛萱从外面回来，坐在办公室刚喝一口水，就被总监叫去劈头盖脸地数落一通，原因是公司新产品上市以后，笛萱当初信誓旦旦打包票的营销方案并没有达到预期的效果。她看着总监快如机关枪的语速和嘴一张一合间那狰狞的面容，感到无比可笑，想起上次那个方案的运行使得公司销量突破历史纪录时，自己被参加庆功会的同事用手举上天欢呼的场面，很显然，这又是一次“成者为王，败者为寇”的戏码。

“我不干了！”话一出口，笛萱顿时让全世界都安静了。她把自己的工作牌、钥匙、门卡等一切与公司有关的物品一件件放在桌上，平静地转身离开，回到自己的位置收拾东西，无论总监追到办公室门口如何咆哮，她都昂头挺胸扬长而去，12cm 的高跟鞋掷地有声的节奏释放着骄傲的、赤裸裸的反抗。

电梯一层一层下移，回忆也排山倒海递进。5 年前的这个时候，自己还是一个背着简历到处应聘的大学毕业生，没有工作经验，也没有金光闪闪的海外留学背景，靠着自己不达目的不罢休的执着精神，过五关斩六将，以流利的英文、独到的见解和恰到好处的幽默在面试中拔得头筹。

离开公司，不只是告别了自己一手带出的团队，也等于放弃了自己曾经的所有成绩从头来过，但是她并不后悔。自从上一任总监走后，公司开始了“一朝君王一朝臣”式的世纪大换血，辞职的辞职，跳槽的跳槽，其实笛萱也早就想要给自己放一个长假了。

刚走出电梯，宽哥打来电话让她晚上回他那吃饭，说做好了糖醋排骨、可乐鸡翅、鱼香肉丝、白灼西兰花，还有鲫鱼汤，笛萱没好气地说：“上次去你家吃饭的时候，说好的松鼠鳜鱼呢？”

宽哥沉默了几秒，脑子里闪过做松鼠鳜鱼那复杂的刀法和烦琐的程序，皱了皱眉头，郑重其事地说：“还有三个小时吃晚餐，你去抓松鼠，抓到了，我来给你做松鼠鳜鱼。”随之而来的一阵奸笑让笛萱果断地挂掉了电话。

【2】

宽哥有一家咖啡馆，开在老城区的一条并不繁华的街上，装修十分别致，有上下三层共计600多平方米，以棕色和白色为主色调的欧式装修风格，外墙呈白色。在座位的后面有一排黑色的钢质书架，上面有诗歌散文、小说美文还有各种各样的时尚杂志，有年代久远的，有近期的，还有当月的。在宽哥收银吧台的小竹筐里，用夹子夹着厚厚的一沓订阅各种杂志的票据，对于这些杂志，宽哥从不吝惜，他经常说，他的咖啡馆，经营的是一种心情。

笛萱与宽哥便初识于此。当时笛萱一个人在城市里漫无目的地游荡，看到这家咖啡馆，名叫“过客”，觉得很符合自己当时的状态。窗台上黄色的蝴蝶兰开得十分繁茂，笛萱坐在酒红色的雨棚下，慵懒地窝在黑白条纹的沙发里。

傍晚的夕阳映在白色的咖啡杯上，踏实而温暖，陆续叫了6杯摩卡，叫到第7杯的时候，宽哥从里面走出来，坐在笛萱的对面，两个人相视微笑，对视了几秒钟，宽哥看了看手表说：“嘿，丫头，咖啡喝得太多了，这个时间，该去吃晚饭了。”

“丫头”，像是在叫一个晚辈，却感觉异常亲切。眼前这个男人，穿一件白色的衬衫，藏青色直筒休闲裤，一双深棕色的皮鞋，虽然扎了一袭墨绿色过膝的围裙，但也难掩他结实健硕的胸肌。

两个人开始了没有主题且漫无目的的交谈。从咖啡聊到旅游，从自然景观聊到风土人情，从生活态度聊到人生经历，笛萱发现，真的有这样一个人，与自己的想法出奇一致，有很多话没有讲出，对方就猜到了结局。

有一种缘分，叫做相见恨晚；有一种懂得，叫做一眼万年，就如同一株在空中盘旋很久的蒲公英终于找到了它扎根的土壤一般，然后静静地聆听时光清浅，岁月无恙，让人真正地相信，是遇见，让此前二十余个欢喜悲痛的春朝秋夕瞬间化为嫣然一笑后的念念不忘。

【3】

晚上九点，送走了最后一位客人，宽哥带笛萱参观了整个咖啡馆。令她意外的是，这间三层的咖啡馆竟全部是由宽哥一人设计的，一楼白色的沙发棕色的桌椅，却在吧台位置挂起了一面宝蓝色的背景墙，时尚而简约；二楼古朴而素雅，随处可见玻璃橱窗里各个年代各种风格的咖啡壶，让顾客品尝到香浓咖啡的同时也能了解到咖啡在世界各国发展的历史与文化；三楼则有着厚重的年代感，照片墙上，密密麻麻贴着 SONY 录音机和卡带、爱华的 CD 播放器和黑胶唱片，还有拆迁以前的老城区景貌等。

宽哥说，回忆的繁茂记录着当初的爱有多深刻。在他的眸子里，笛萱看到了饱经沧桑后的珍惜与满足，正如他那宽厚的手掌，如若合上，有岁月静好的温润与柔情；如若摊开，则是流年似水的淡定与从容。

再次回到一楼，宽哥带笛萱来到咖啡馆的后门，就如同梦境一般，眼前出现了一个全部由玻璃拼接而成的尖顶房子，从外面就可以看到，室内空调、茶台、桌椅等物品应有尽有，走进去，竟然看到了一大片冒着嫩芽的菜地。

“我是自己种菜，一会儿给你尝尝，今天就在这里吃饭吧！”没有等笛萱回应，宽哥拿了菜，便一脚迈进了厨房。

也就半个小时的时间，香菇鸡肉、醋熘白菜、干煸四季豆和小白菜豆腐汤依次上桌。笛萱提议喝一点酒，可是宽哥却以“咖啡馆哪有酒”为理由拒绝，她也只好入乡随俗，喝他煮好的普洱茶。

“有点阅历的人，才能喝得出普洱的回甘，像你这样的丫头，大概会觉得它苦涩。”笛萱听到宽哥这样说，用嘴抿了一口，皱了皱眉头，便将茶放下。过了几分钟，吃了几口菜，忍不住又喝一口，又放下。宽哥看着她，夹了好几块鸡肉给她。

【4】

那一年，笛萱大学二年级，而宽哥，大她整整 10 岁。

问起笛萱就读的大学到咖啡馆并不算顺路而来到这里喝咖啡的原因，笛萱和宽哥讲起了她的男友陈鸣俊。

人如其名，陈鸣俊有着183cm的身高，帅气的外表，是笛萱的高中同学。两个人在高考填报志愿的时候产生了分歧，笛萱喜欢上海，而陈鸣俊喜欢北京，所以两个人就用老办法——猜拳，来决定去哪个城市读大学。最终的结果是，笛萱赢了，陈鸣俊却私下改了志愿考去了北京。

从那以后，两个人就过上了分隔两地的生活，除了上课的所有时间全部用在了发微信和打电话上，然而，还是会觉得感情随着时间一点点在流失，越来越空洞，后来就开始了喋喋不休的争吵。从开始的吵架后冷战，到后来谁也不让谁的隔空“炮轰”，耐心在距离间一点一滴消耗殆尽。

“不能为对方改变征途，还是因为爱得不够深。”宽哥语重心长地说。

在笛萱的再三逼问下，宽哥说了这家咖啡馆的由来。宽哥在8年前，也是在大学里，交往过一个女友，名叫嘉嘉，他很爱她，她喜欢喝咖啡，他利用课余和寒暑假的时间没日没夜地打工赚钱，一天只睡两个小时，终于在大四的时候，开了这家咖啡馆。

“起初，我没有那么多钱，只能租下一层。”宽哥的言语中，艰辛里透着幸福。

提到咖啡馆的名字，宽哥说：“‘过客’这个名字是嘉嘉取的，最初的想法是每个人都从咖啡店门口路过，都是过客，如果我们用心经营，一定可以让越来越多的过客进店品尝到纯正的咖啡。然而……我没有想到，毕业以后，连嘉嘉都成了我感情世界里的‘过客’。”说这句话的时候，宽哥的眼里噙着泪花，时间凝固了。

听宽哥说，嘉嘉离开以后，他再也没有找过女朋友，也根本没有想过要结婚。咖啡馆的房东去年要移民去美国，房子要低价出售，宽哥不舍得一手经营起来的咖啡馆就这样成为自己生命中的“过客”，便用所有的积蓄买下了这栋三层小楼。打那以后，宽哥在上海，算是真正扎下了根。

是宽哥的爱情让笛萱看到，她与陈鸣俊的爱情并非想象的那样坚不可摧，她也默默地在心里问过自己，如果当年让她复读转考北京的大学，她是否愿意？然而答案是否定的，她第一次意识到，其实他们谁也不愿意为谁改变。

月光下，普洱茶呈现出油黄的色泽，宽哥的话终于让笛萱明白，她和陈鸣俊，一个是咖啡，一个是普洱，喜欢咖啡的人喝不出普洱的回甘，而喜欢普洱的人也喝不出咖啡里面的果香。所以，有的时候，爱情里所有的争吵、伤害和挣扎，都是在对方生命大门之外撞击的声音，最终都注定会背道而驰，无疾而终。

【5】

笛萱和陈鸣俊的分手已成定局，然而意料之外的事情发生了。就在分手的半个月后，笛萱发现自己怀孕了，她整天整夜地哭，无助得像一个迷路的孩子。“我该怎么办？我该怎么办？我找不到他，我该怎么办？”昏睡了一天一夜之后，笛萱醒了，在病床上形如枯槁，整日以泪洗面。

一个大雨滂沱的夜晚，她在雨里狂奔，手机进了水，宽哥联系不到她，于是开着车四处寻找。三个小时之后，在浦西街角的一个服装店门口找到她，浑身湿透，发着高烧，送到医院的时候，人已经昏厥，面色惨白。

由于悲伤过度，笛萱出现了流产的症兆，手术必须马上进行。笛萱的泪水夺眶而出，她找不到陈鸣俊，而让她意想不到的是，在护士问到谁是家属的时候，宽哥居然在“丈夫”一栏上签下了自己的名字。

手术后，宽哥更是充当了笛萱的营养师兼贴身男保姆，一边照顾店里的生意，一边无微不至地关怀着笛萱。笛萱半夜从睡梦中醒来，每次都能看到守在她床边的宽哥。

出院那天，在医院的门口，笛萱给了宽哥一个吻，她拉着他的手热泪盈眶，泪珠中滚动的是满满的感恩，她想象不到如果这些日子没有宽哥，自己将会怎么样。

宽哥没有说话,摸了摸笛萱的头,轻声地说:“上车吧,丫头。”

【6】

辞职后的笛萱没有再去找工作，而是留在宽哥的咖啡店帮忙打理生意，她还是那么执着地喜欢摩卡。常来的顾客见到笛萱，会微笑着说：“宽哥，这么多年了，店里终于有女主人了！”对于这样的话，笛萱从未正面地回应过 yes 或 no, 她还是叫他宽哥，他还是叫她丫头，似乎一切都未曾改变。

时间过得真快，转眼到了春节，时光的齿轮又在生命中划过一年，宽哥跟笛萱说：“你应该回苏州老家看看父母。”

于是，宽哥给笛萱买了回苏州的高铁票。列车开动的时候，宽哥听着远处传来的迎接新年的鞭炮声，心里泛起了一丝寂寞。火车如箭般驶离月台，宽哥一直伫立在原地，心情久久不能平复。

直到看不见那辆火车，宽哥的鼻子酸了一下，一个转身的瞬间，笛萱出现在眼前。原来，她一直站在宽哥身后，没有踏上火车，她迎上去给了宽哥一个大大的拥抱，对着他的耳朵轻声地说：“依赖，就是我踏上你的路，你教会我怎么走，没有你的路，我不会一个人走。”

宽哥没有说一句话，只是拉住笛萱的手，说：“走，丫头，我们回家。”

世事变迁，依然深爱

1. 寻一霎温柔，爱我如你

【1】

许梦瑶把眼睛睁开一个缝，看看天花板又看看窗户，因为卧室内挂的是100%遮光窗帘，所以她必须缓慢移动着手臂，在床头柜上摸手机看一下时间，只听“咣当”一声，她彻底睁开了眼睛，只见装着半杯水的玻璃杯以迅雷不及掩耳之势在地板上玩起了“三级跳”，跳得那叫一个欢快，她来不及思考，本能地迅速跳下床，没想到就眼睁睁看着那个杯子以极速滑行的状态翻了好几个跟斗，撞到了门旁边的吸门柱，碎得那叫一个彻底。

这杯子对许梦瑶有特别的意义，是她和王嘉阳去鼓浪屿的时候，路过一家装修别致的小店时买的，一套六个，杯子的质量很好，非常通透，手摸上去不会留下指纹，从杯口往底部看，有磨砂的海浪，虽然有点小贵，但是她当时绝对是想都没想就让店主包起来拎着就走。

她还记得那天的阳光很足，王嘉阳付完账追上来，半晌没有说话，眼神里满是嫌弃，在她拳脚相加的逼问下，王嘉阳小声地说了一句："这杯子是尼泊尔进口的，但我不是嫌贵啊！我只是非常好奇，三天是不是就要打碎一个？"话音刚落，可怜的王嘉阳就被她一路追杀，想到这里，她觉得王嘉阳真的很爱她，即便她再怎么打，王嘉阳一直抱着那个盒子，才让这六个杯子完好无损留到了今天。

当她回过神来的时候，发现自己光着大腿坐在了一滩水里，四面全是玻璃碎片，这点水真是一点也没糟蹋，全部沾到了裤子上，那叫一个晶晶亮透心凉，她小心翼翼地站起来，在衣柜拿了一套干净的睡衣换上，踮着脚走出房间打算去卫生间拿个拖布打扫"战场"的时候，她简直不能相信自己的眼睛。

萧晓，她的大学同学兼闺蜜，和她同住，穿着一条宝姿浅蓝色的裙子，施华洛世奇经典款的水晶白天鹅耳钉和项链戴在白皙的皮肤上，手臂上一块 GUCCI 的白色腕表，再加上摆在客厅茶几上的同品牌墨镜和 miu miu 包包，这一套行头已经突破了六位数；再往茶几上看，全套 DIOR 化妆品，从基础护理到彩妆，再看萧晓的那张瓜子脸上那无比精致的妆容，简直是可以进摄影棚直接拍摄时尚杂志封面的节奏。

许梦瑶围着萧晓转了两圈，用三根手指摸了摸她的脖子大动脉位置，再摸摸自己的额头，自言自语道：“不烧啊！”转身坐在了沙发上，无比郑重其事地瞪着两只大眼睛看着萧晓，轻声说：“你……把车卖了？”萧晓摇摇头，她继续问：“中彩票了？”萧晓继续摇头，许梦瑶“啪”地拍了一下桌子，眉头紧锁，拉着萧晓拿着眉笔的手，说：“说吧，你哪来的钱买这些，这些是我们这样的女孩能买得起的吗？你说，这都是哪来的？”

萧晓把许梦瑶的手从胳膊上退下来，踩上一双白色思加图高跟鞋，临出门的时候，把脸贴近许梦瑶，食指放在唇中央说：“嘘！不要乱说话，从今以后，我只需要一个男人在我身边，至于是谁，不重要。”说完关上门，扬长而去。

许梦瑶怔住了，半天没缓过神来，她感觉被萧晓顶的牙床发麻，嘴半天没有合上，她从阳台上望下去，只见萧晓上了一台保时捷跑车，要么怎么说是保时捷呢，还没等许梦瑶看清楚，便一溜烟地开走了。

许梦瑶站在阳台上被一条微信消息吓得一激灵，是萧晓，写着：“晚上六点，蜀九红请你吃火锅啊！”许梦瑶恨得牙痒痒，直接把手机摔在了床上，双手叉着腰对着手机自言自语：“请我去蜀九红吃火锅？你赚钱啊？谁买单啊？保时捷买单啊？

凭什么让保时捷买单啊？不是说好了谈恋爱要提前报备的吗？这都是什么情况？”她打开微信，冲着男友王嘉阳大吼“晚上跟我去吃火锅，迟到就扒了你的皮！”

王嘉阳几乎就是在她发过信息去的同时，回复了“好的”。

许梦瑶不以为然，每次都是这样的闪回和这么肯定的答案，她已经习惯了，习惯到觉得王嘉阳这样是应该的，如果有一天不是这样，便是“找死”。

而此时的王嘉阳正顶着体感超过40摄氏度的高温在工地上和工人们讨论图纸和整改方案，但是无论怎么样，他都会在第一时间听候许梦瑶的一切指令和调遣。

爱一个人就是这样，你愿意在任何时候，不管闲暇还是忙碌，都能够在最快的时间里给她答复，让她的心能够安定下来，没有等待，没有焦急，没有猜疑，只有确定。王嘉阳喜欢许梦瑶的蛮横无理，霸气娇嗔，喜欢跟着她的节奏满足他能给予的所有，他甚至可以接受许梦瑶对于他刚刚起步的事业的亵渎，他会用时间去证明，不单单是证明他自己的价值，他会给她优质的生活，而且会证明他一直都默默地守护在那里，就在许梦瑶需要的时候，一个转身的地方。他希望有一天许梦瑶能够明白，比起那种若即若离、飞蛾扑火、地动山摇的爱情，潺潺的溪水要比湍急的瀑布更加源远流长，有些爱情之所以有暗涌的存在，还是因为其实并没有那么爱。

【2】

其实萧晓在上大学的时候有过一段让她这辈子都无法忘却的感情，那个男孩叫张曦晨，与王嘉阳是同一个寝室的，学的都是建筑设计专业，萧晓与他的相识是在学校的一次艺术节上，萧晓在张曦晨设计的作品前驻足许久，张曦晨给她讲作品的设计理念，没有那些偶遇、争吵打骂又发现对方优点或是在危难时候挺身而出的桥段，但是只有萧晓知道，她所解读到的和他所讲述的，不差分毫，她第一次感觉到，懂一个人是怎样的感觉，就是当你看到与他有关的东西，便能够和他的灵魂“say hello”，然后两人相视一笑，就自然而然地走在了一起。

张曦晨是系里当之无愧的才子，有着186cm的个头和健硕的身材，每次的专业课成绩虽然不是第一名，但是总能在各种设计比赛中为学校拔得头筹，每次有比赛，系主任都委派专车接送，但张曦晨并不以为然，他其实喜欢独自早出发两个小时到达比赛现场，这样在沿途如果看到了什么有感觉的建筑，可以驻足欣赏，并拍照拿回去研究研究。

张曦晨家境其实并不富裕，他从来没有给自己买过名牌的衣服也没有一块高档的手表，但是因为身材很好，穿出去的衣服经常被问是否是某个大牌的高级定制。

张曦晨和萧晓在一起的第二周周末，就是她的生日，那是她离家求学后过的第一个生日。

那天张曦晨到宿舍楼下接她，带她去了凯宾斯基酒店的西餐厅，他用上次设计作品的奖金在对面的商场里订了一个黑天鹅蛋糕，当他打开蛋糕的时候，当萧晓看到蛋糕上写着“小小，我爱你”的时候，她的脸在柔婉的烛光中，变得越发红润动人，她的泪水顺着脸颊一直倾泻下来，掉到洁白的餐布上，掉进了张曦晨的心底。

而让萧晓流泪的不是那个有着悦耳小提琴做背景音乐的高档的西餐厅，也不是那个价格不菲的黑天鹅蛋糕，而是张曦晨竟然知道她的乳名：“小小”。

其实张曦晨并不知道她的乳名叫“小小”，但是根据她的大名，张曦晨就随音叫她小小，觉得这很符合萧晓的长相，让人有想保护的欲望。

而没有人知道，“小小”这个乳名是父亲给萧晓取的，在萧晓十岁的那年，父亲突发心梗，没有留下一句话，就离开了她和母亲，有将近十年的时间，没有人再叫过她“小小”，这一次，她认为就是命运的安排，否则，一切巧合得没有办法解释。

张曦晨比萧晓大两届，没等到毕业，就被一个设计公司签下，去市区工作了，公司给他在市中心租了一个高档公寓，用于他的居住和工作，也就是在那个公寓里，萧晓度过了此生最快乐的两年。

张曦晨把房间贴上了粉红色的墙纸，到处都是萧晓喜欢的Hello Kitty，他们用一模一样的杯子、拖鞋和毛巾，他给她煮汤、炒菜、做水果沙拉，她陪他设计，有的时候彻夜不睡，第二天直接去学校上课，日子一天一天重复，却历久弥新，她喜欢看他工作时候在月光的倾洒下那认真的神情，她甚至祈求时间能走得慢一点，让时光的刻刀能够把他在她的心里刻得深一点，再深一点。

我们都曾有过这样的爱，你愿意每分每秒都和他待在一起，你愿意把自己的头依偎在他的心上听每一下的跳动，只要有个温暖的怀抱，就已经足够，它就是你全部的世界。你愿意在这样的世界里聆听他的每一次呼吸，愿意挽着他的手走过每一条街路，蹚过每一条河流，愿意将你的生活停在任何一个有他的地方，任凭斗转星移，春去秋来，贫穷富贵，只因为于生命最好的年华里，你给了我值得一辈子去回顾的记忆，我也在这样的时间里义无反顾地倾注了全部，以至于没有了你，就再也找不到方式再爱。

【3】

张曦晨离开萧晓的那天，晴空万里，萧晓接到工地的电话，说施工现场出现了坍塌，张晨曦从工地的 18 楼掉下，当场死亡。

许梦瑶当时跟萧晓在食堂里吃饭，只见萧晓接到电话，就丢了魂一样歇斯底里地往食堂外面跑，急促地呼吸着，食堂的门口有一辆车经过，她像没看到一样，那辆车就擦着她的裙子开过去，她摔倒在地上，膝盖全都摔破了，一直在流血。

“瑶瑶，不管你用什么办法，我求求你，让我去医院，见他最后一面。”而此时的许梦瑶已经无法凭自己的力量将她从地上扶起，只好叫来了王嘉阳。

因为上 120 急救车的时候，就已经被确认死亡，所以，萧晓与张曦晨的最后一面是在殡仪馆见的，她一遍一遍地用纸巾拭干泪水以至于将他的脸看得清楚一点，然而脸已经摔得变了形，萧晓看着那个躺在那里的有着强壮肌肉和修长双腿的男人，昏厥过去。

当萧晓醒过来的时候，她的嗓子却怎么也发不出声音，她就那样目光呆滞地躺在那里，整天整夜地望向窗外，怎么也不肯合上眼睛，许梦瑶和王嘉阳轮流照顾着她，而她显然不需要人照顾，不吃不喝也不睡，没办法，许梦瑶只能叫医生给她打营养液维持生命。

许梦瑶对于萧晓的状态真的太担心，在后来三年的时间里，她每天吃极少的饭，吃全素餐，不工作，每天就望向窗外，时而哭泣，时而傻笑，王嘉阳给她找过心理医生，每个小时两千块钱，也无济于事，心理医生说，她的失语是阶段性的，需要长期的陪伴和心理疏导，许梦瑶便把萧晓带回了家。

【4】

有一天，许梦瑶回到家，怎么也找不到萧晓，她开着车四处寻找，从清晨找到天黑还是联系不上，继续找了五天之后，许梦瑶和王嘉阳报了警。

警察在高架桥下找到了萧晓，当时她穿一个花格裙子喝得烂醉如泥，躺在马路边睡着了，浑身酒气。

许梦瑶和王嘉阳在对警察同志万分感谢之后把她带回了家，他们不知道萧晓这些天去了哪里，跟谁在一起，她甚至不知道她的花格裙子是谁给她买的，总之，两年没有工作的她，是买不起这么昂贵的裙子的。

直到第三天早上，萧晓才醒来，化了精致的妆，说晚上要请许梦瑶和王嘉阳吃蜀九红火锅，上了保时捷跑车，许梦瑶顿时被萧晓说出的话气得火冒三丈，怒气直冲脑门，无数次地问自己，在萧晓的体内会不会产生了基因突变。

然而当许梦瑶来到一盘肥牛要卖到 128 元的火锅店，看到保时捷小开的时候，她明白了一切，眼前的这个男人，萧晓叫他陆宇航，无论从身高到神态都像极了张曦晨，然而更加不可思议的是，萧晓告诉她，当初她和张曦晨住的那套高档公寓，就是他们家开发并出售的，他答应她，把那套公寓过户到萧晓名下。

陆宇航去卫生间的空当，许梦瑶和王嘉阳沉默着，一言不发，在他们的心中固然有很多很多的疑问，却都淹没在萧晓与陆宇航说话的时候，脸上的笑容里，许梦瑶其实已经做好了带着萧晓与王嘉阳生活一辈子的心理准备，她不可能抛弃那样一个颓废到近乎自我毁灭的萧晓独自奔向幸福。

“我和萧晓要结婚了，我会娶她，按照她的意愿去生活，我会学着煮汤、炒菜、做水果沙拉，呵护她在未来的每一天，把她能看到的家里的每一个角落都贴上 Hello Kitty，让她做一切她想做的事情，去一切她想去的地方，过任何她想过的生活，实现她的一切梦想。”陆宇航的话打破了这三个人的宁静，许梦瑶和王嘉阳只是礼貌地微笑。

陆宇航把两位女生送回了公寓，在萧晓进门之前，吻了她的额头，看着她进去直到电梯的门闭合，许梦瑶趴在阳台上看着月光和路灯倾泻在陆宇航身上的时候，感到了一丝落寞，回过头来，萧晓坐在沙发的茶几边，就跟早上化妆时一样的位置，许梦瑶坐了下来，一言不发。

“梦瑶，我感谢在过去的三年里，你和王嘉阳对我无微不至的照顾，陆宇航，我的高中同学，在高中的时候，他就一直追我，我没有答应，就在前几天，我看了微信朋友圈，高中同学聚会合照，我一眼就看到了他，你能相信吗？我当时在朋友圈疯狂地寻找他的联系方式，后来我们见了一面，我跟他说了我和张曦晨的事，然后就在酒吧的角落里，他让我扎在他的怀里痛哭。”萧晓抽了一张纸巾，擦了一下泪水，继续说：“他固然在外貌上很像张曦晨，但是我知道陆宇航终究不是他，然而就在我扎在他怀里的时候，他会用一双大手把我的头埋在心口，我听着他的心跳，那么真实，那么清晰，那么有力，然而就在我抬头看他的那个瞬间，我觉得我想清楚了，他是能陪我走向未来的那个男人，他爱我。”

许梦瑶只说了一句“只要你幸福就好”便默默地回到了房间，关上了门，彻夜未眠。

那些曾经没有设想过的别离，到了真正需要挥手的那天，变得连泪水都忘记了来临，也许，张曦晨就是萧晓心中注定要留下的一个烙印，那段爱将支撑她走完若干个潮起潮落的岁月。

想念是无关相聚与诀别的，直到芳草萋萋，落红无语，也许，是该有一个男人在草长莺飞的季节里走来，与她相视微笑，相伴同眠，那是一个只要看到就能笑中带泪的背影，然而她对他从无所求，也许他也知道她没有那么爱他，但是他不会知道，她在夜深人静的时候无数次地任凭泪水浸湿枕巾，仰望星空默念：“我只是在此去经年的余生里，寻一霎温柔，爱我如你。”

2. 樱飘如雪，思念暗自生长

【1】

慕洋被院领导叫到办公室，说全国大学生民族舞选拔赛就要开始了，初赛由每个学校选派一对男女参加比赛。经院领导研究决定，身为校花的慕洋是不二人选。看着这位平日里不苟言笑仪表堂堂的主任绘声绘色地讲述，慕洋怎么也无法相信这事能和自己搭上关系。

民族舞？慕洋的集体荣誉感受到了极大的考验，她对这种荣誉争夺战实在不怎么感冒，正当她想找各种理由跟老师一争高下然后逃之夭夭时，从门外进来了一个男生，180cm 的身高，紧身的衬衫包裹着结实的肌肉，皮肤皙白。

老师起身介绍：“慕洋，这是你的舞伴，肖诚，有非常丰富的比赛经验，多次参加民族舞大赛，你们切磋一下，老师预祝你们成功！”

此话一出，慕洋把心中盘算的借口全部咽了回去，硬着头皮答应下来，脸上浮着满满的不情愿。

两个人一前一后离开教师办公室。“哎！我不会跳民族舞，你原来的舞伴呢？”肖诚皱起眉头回头看了一眼，继续向前走，慕洋又说：“哎！我跟你说话呢！哎……”

肖诚猛一回头，两个人撞到了一起，他愤愤地说：“美女，我拜托你，我不叫‘哎’，我有名字，我叫肖……诚！”说完继续往教研楼门外走。

慕洋最看不得这副嘴脸，在后面一个左勾拳一个右勾拳再加一个飞脚，心想，民族舞不会，跆拳道倒是会一点，还“肖……诚”呢，得罪了老娘，看老娘把你“削成”什么样！”

教研楼外，一辆蓝色的兰博基尼跑车车门正向上伸展，肖诚坐了进去。慕洋看着这一幕，还没等反应过来，肖诚让她上车，慕洋用手拄在车门上，看着肖诚：“这车是从哪租的啊？”

肖诚瞬间暴怒，从驾驶位下车，绕了一圈走到慕洋身边，一只手把她扛起，一边扔进了副驾驶，一边说：“你见过有租兰博基尼的吗？”话音刚落，慕洋这边的车门被反锁，肖诚回到驾驶位大吼：“别废话！系上安全带！”

慕洋不依不饶，“你绑架啊？我们这是去哪？”肖诚开车一路冷笑道：“绑架？拿兰博基尼绑架你？小姐，你是官二代还是富二代啊？绑你的赎金值不值这辆车？”

车顺着学府大道一路向东开，终于在艺术学院的门口停下，肖诚指着慕洋说：“什么也别问，什么也别说，好好学习天天向上，不要抱有侥幸心理，不要拖我的后腿！”

“练舞就练舞，这么神秘干吗？有什么了不起的！不就是民族舞吗？”慕洋在肖诚身后，边追边嘀咕，肖诚终于按捺不住心中的怒火，从后面把慕洋的头用力往前一推，慕洋一个前趴，差点摔在地上，肖诚扬长而去。

慕洋深深觉得自己与肖诚就像是实力悬殊却注定要决一死战的双方，第一次见面就水火不容、针锋相对。而肖诚却认为，在“舞伴”这样可以决定比赛成败的关系上，他没有拒绝或要求换人，就等同于接受了。

【2】

艺术学院的排练厅里，肖诚与刚刚开兰博基尼时的神情判若两人，他像是一只翩翩起舞的孔雀，他是陶醉的，是忘我的，举手投足之间，好像在与大自然对话。在他的表演里，可以看到风吹草低见牛羊的壮阔，也可以看到镜花水月的柔美，跳得慕洋心驰神往，崇拜之情溢于言表。

肖诚把手伸向慕洋，从简单的八拍开始，逐渐增加难度，两个人居然第一次合舞就惊人的默契，在四目相对时双手紧紧地握在一起，慕洋甚至在肖诚的眼里看到闪烁的泪光。

第二遍跳到一半，慕洋起身去接电话，回来的时候，在落地玻璃前看肖诚独舞。排练厅隔音很好，在听不到音乐的情况下，只见肖诚翩若鸿雁时像暴风雨前积卷的乌云，静若处子时又如精灵亲吻花蕊的曼妙，辗转和激昂间，眼神中流露的缠绵和沉醉，像大海里翻滚的浪花，激荡着慕洋的心，她仿佛看到肖诚在肢体伸展的空隙里留存着一个空间，双腿腾起的瞬间，寂寞散落成渊。

慕洋再次走进去的时候，音乐刚好停止，肖诚蜷膝坐在木质的地板上，修长的双腿在窗外投进的光影里搭成了一座桥。她走过去坐在他的身边，一言不发，任凭时间静静在脚下流淌。

半晌，肖诚说："你像极了我原来的那个舞伴，连舞起来飘落在空中的发丝都像。"

"所以，刚刚我出去接电话的时候，你是跟她在跳舞？"

肖诚眼里流露出一丝歉意，"自从她离开，我已有半年的时间没跳舞了。"

慕洋看了肖诚一眼，满脸的落寞。听肖诚说，他原来的舞伴叫小曼，是艺术学院的学生，两个人合作的舞蹈曾代表中国大学生远赴维也纳演出。一年前，学校的体检中，查出她的右腿上长了一个肉瘤，然而她没有告诉肖诚，还是每天坚持，从不间断。

因为没有得到及时的控制，肉瘤快速恶化，最终被确诊为骨癌。得知了这个噩耗，肖诚把跳舞获得的奖金全部拿去，却被小曼悉数退回，她也拒绝治疗，因为她知道，这个病最好的控制方法就是截肢。

作为一个舞者，截肢就等同于失去生命，她哭着对肖诚说："如果我们终究有一天会失去生命，那就不要再放弃梦想。"小曼每天忍受着剧痛跟肖诚排练，直到在巡演的最后一场，随着结束音乐响起，跌倒在后台。

打那以后，失去了小曼的肖诚像无魂的蝴蝶，每天在排练厅跳舞，从早上一直跳到深夜，有的时候一边跳舞一边流泪。肖诚说，只有这样才能模糊没有她的世界。

"我就是从那个时候，学会了依靠意念带着小曼跳舞，我想象她一直在我的身边，她的手旋转在我的指尖，像树的年轮，陪伴着我丈量时间。"肖诚说。

"你爱她？"慕洋问。

肖诚摇了摇头："不，不是你想的那样，我们要跳出震撼灵魂的美，就必须是彼此生命的一部分，但这些都与爱情无关。”

慕洋被这句话动容了，眼前的肖诚，纯净得像天脊上的一朵盛开的雪莲，姣好的容颜，却踏过常人无法想象的严寒，突如其来的变故，依赖的顿失和心底的空虚早已将他撕得粉碎。

思念的本质是一场旷日持久的沦陷，它会以自由的名义肆无忌惮地入侵脑海，扎下辽阔的根后肆意生长，日渐繁茂却凛若冰凌，如影随形且无处安放，以刺透肋骨的疼痛呻吟，提醒着回忆的存在。

【3】

比赛如约而至，两个人没有悬念，拿到了最好的名次。慕洋站在领奖台上惊魂未定，四肢不由自主地颤抖着，因为就在舞蹈接近尾声的时候，肖诚在丝毫没有报备的情况下，把最后的动作换成了亲吻。当所有的观众都为舞者的动情表演起立鼓掌时，慕洋的全身顿时失去了知觉。

全世界只有慕洋知道，肖诚的吻是冰冷的，是缥缈的，是空洞的，以至于靠近的时候，慕洋都感觉不到他的呼吸，就像和他一起踩在飘忽的云端，云里凝结的全是泪水。

在回程的机场，慕洋在星巴克候机，肖诚低头不语，登机的时候，把撕下的登机牌副页放进背包，一路沉默。

一个半小时，飞机落地，肖诚驾着兰博基尼超速200%一路狂奔，停在了“丁香西点”的门口。

那是一个法式西点店，老板是法国华裔，店门口的草坪边，围了一圈盛开的丁香花，和面包的香味混在一起，慕洋似乎感到温暖了许多。

肖诚走进去，老板拿出了一个早已打包好的芒果慕斯蛋糕，又用竹质的盒子装进了一提鲜榨果汁。

山顶道88-A，喜来登国际假日酒店，肖诚一脚油门把车横在了门口，拉着慕洋上了电梯，径直打开4028号房间。

“肖诚，你怎么了？你为什么会带我来这？”

肖诚拉上窗帘，关闭所有的灯，打开了蛋糕，点燃一支音乐蜡烛。他来到慕洋面前，展开了那两张折叠整齐的登机牌，上面的身份证号码上显示的“0428”让慕洋惊呆了，她居然和肖诚是同年同月同日生！

慕洋坐了下来，肖诚单膝跪在地上，泪水夺眶而出，他把自己的头埋进慕洋的怀里。空气似乎静止在那一秒，慕洋抚着肖诚的头，胸前阵阵微凉。

当你遇到一个人，你愿意与他一起躲在角落里，回望来路上的根根伤痕被浮华碾压，解读那些反复以狰狞的面容翻滚咆哮不肯停歇的绝望，那一刻，便是爱上了，即使他早已痛到麻木。

【4】

“慕洋，我走了，原谅我结束时的那个吻，我已经跳不成原来的模样，此生不会再跳了。”第二天早上，慕洋收到这样的留言。

慕洋想走出酒店，却发现自己还是靠在沙发上保持着昨天抱着肖诚的姿态，四肢僵硬，她起来活动了一下，跑到了酒店门口，看到兰博基尼稳稳地停在那里。

痛到了极点是需要一段独立行走的，抛弃所有的浮躁，这距离可远可近，这跨度可长可短，可以从冬去春来，一直到夏逝秋至。他没有说归期，慕洋也就终究没有走进他的世界。

生活还要继续，一个人回到学校，对于院领导的夸赞，慕洋不以为然，甚至期待不要再提起。当一个人一直在你心里，然而你却不确定你是否还在他的记忆里时，每每触碰，就痛不欲生。

【5】

慕洋的车停在丁香西点的门口，服务生热情地迎了上来，一边姐长姐短地介绍刚刚出炉的曲奇，一边将三天前预订好的芒果慕斯打包好，慕洋道了谢，直奔喜来登假日酒店。

一个月以前就订好了 4028 号房间，将“请勿打扰”的牌子挂在门口，便反锁了门走到窗前，俯瞰窗外的车水马龙，每一幢建筑和街路都被霓虹装点，繁盛而虚幻。

把房间里所有的灯都关掉，按下GIVENCHY打火机，火苗温柔地跳动着，“哥伦比亚大学MBA，L.A.S中国区副总，百万年薪，豪宅名车，多家私人会所钻石VIP”，她烦透了贴在自己身上的这些和“白富美”沾边的标签，感觉自己和城市里这个时间还奔波在路上的所有人一样苟活于世，心中有爱，满目苍凉。

“肖诚，我也没有再跳舞，我又来到了这里，窗外的喧嚣一如往昔，你在哪里？还好吗？”慕洋在心里默念。

每年的4月28日，慕洋都会来到这间套房，关掉手机和电脑，拉上窗帘，阻隔与外界的一切联系，只有蜡烛上数字的递增提醒着时间的流逝。肖诚离开她，整整十年了。

十年的时间，能留下的，都是生命里不能改变的，当真实地付出过全部的情感，慕洋发现，她愿意守护发生在肖诚身上的一切，就像他守护着小曼一样。

你是否曾经倾尽所有地爱过一个人？以至于有一天离开了他，便失去了爱的能力，无论日后再以另外的方式过怎样的生活，都是一种流浪，就像窗外四月如雪的樱花，因为迷失，始终思念。

3. 兜兜转转，又回起点

【1】

沈韵抢过莫小陌手里的酒杯，倒了满满一杯皇家礼炮，没有加冰，也没有加柠檬茶，一饮而尽，这已经是今晚的第三场了。

莫小陌对两个小时之前，沈韵在KTV把红牛和雪碧兑进XO的样子仍然心有余悸，看着超短包臀裙下这两条纤长的大白腿和抹胸紧身小礼服配一头及腰的长发，在这人声鼎沸鱼龙混杂的酒吧，实在是太惹火，今晚沈韵能穿着这一身衣服出来，就是打算不醉不归的。

云飞哥从洗手间回来，托起沈韵，一边往外面走，一边说："喝成这样还不回去，穿成这样，一会儿喂了'狼'，第二天早上连骨头都找不到。"

沈韵甩开云飞哥，摇摇晃晃地说：“你才是‘狼’，你是白眼狼！”

云飞哥再次上前扶住她，说：“你站都站不稳了，还嘴硬，还不回家。”

沈韵笑了一下，手舞足蹈地纠正：“我这叫摇摇欲‘醉’。”

莫小陌拿了包追上来，不屑地说：“还欲‘醉’呢，你这都醉了几轮了？”说着话把她搀上车，送回了家。

毕业时的狂欢，总是有人欢喜有人忧，祝福着别人的前程，舔尝着自己的心酸。安顿好沈韵，莫小陌一脸灿笑，云飞哥顿时条件反射，搂着小陌的脖子：“走，妹子，哥带你去吃小龙虾。”

莫小陌、云飞和沈韵从小一起长大，从光着屁股的时候就在一起和泥巴、搭宝塔、玩过家家。在莫小陌的记忆中，只要云飞说出的事情，沈韵只会说一个字：“行！”

这就是最初的确定感，它一如既往，它不求回报，她已经把他嵌入了生命，形成了生活的惯性。无论世事怎么变迁，依然执着地遵循着原来的轨迹，只因为在人生的路上，他是她不能错过的最美的风景。

【2】

云飞上高中的时候，父母乘着国家深入改革开放的大潮，在深圳开了一家贸易公司，生意做得风生水起。父母想接云飞到身边读书，被他一口回绝，打着奶奶还健在不宜远行需要人照顾的借口，早早地过起了丰衣足食又不用自己动手的滋润生活。父母觉得亏欠他，便大把大把地往账上撒钱，云飞也就一跃成了校园里的风云人物。

沈韵和莫小陌也欢天喜地过起了蹭吃蹭喝的美好生活。每天中午一下了课，两个人就屁颠屁颠跟在云飞的屁股后面，每每遇到一起打球的兄弟，云飞就指着她们两个郑重其事地说："大丈夫三妻四妾乃是行走江湖的标配。"每到这时，莫小陌都会接茬说："云飞哥弱水三千，两瓢足矣。"沈韵每次听到莫小陌这样说，都红着脸低头使劲咬果汁的吸管。

云飞是那种眼神基本不停留在黑板上，成绩却名列前茅的学生，每次老师因为他"上课就睡觉，下课就咆哮"的拙劣行为找家长时，他就会拿出最新款的手机问老师学校里的wifi密码，说父母在深圳需要网上视频才可以见到，气得老师七窍生烟，罚他把英语课文抄写100遍。当然，这从来都是沈韵的活儿。

最后一次模拟考试，当所有的同学都在盘算着今年高考题的难易程度和出题方向的时候，云飞在学校门口的玻璃橱窗前左手搂着莫小陌，右手搂着沈韵说："今年高考，看哥给你们打个样，我非得在成绩公布的时候，把我的照片贴在这橱窗里。"

拿到录取通知书的那天，云飞请沈韵和莫小陌吃比萨。午后的阳光穿透必胜客透亮的玻璃窗，暖遍全身。莫小陌拿着云飞的录取通知书“瞻仰”，看着上面“清华大学”四个字，崇拜之情溢于言表，沈韵却在旁边一言不发，用叉子把一对烤鸡翅叉得千疮百孔。

云飞走的那天，沈韵没去送他，莫小陌一边陪云飞办理行李托运，一边把电话调到自动重拨功能。然而，无论拨多少次，沈韵的电话始终无法接通，直到机场催促登机的广播播到最后一遍，云飞还三步一回头地向外望去，莫小陌在安检门外使劲挥手，泪如雨下。

青春是一支忧伤的人生序曲，里面有多少花开的喧嚣，就有多少花落的寂然。短暂狂欢里形成的依赖，促成了一场漫长的离别，猝不及防却如影随形，凝结成一段回忆，在生命里永垂不朽。

【3】

沈韵没有考到理想的分数，报的志愿也因分数线升高而没有被录取，她被调剂到N城，一个她从来没有去过的中部内陆城市。录取通知书寄到家里，她没有拆开，直接装进行李，上网订了机票。

沈韵没有向任何人告别，甚至没有告诉任何人她被调剂去了哪座城市的哪所学校。对她而言，只要没有云飞的地方，去哪里都一样。

她会时不时地想起云飞打完篮球把擦过汗的手帕扔给她，故作娇嗔地说“老婆帮忙洗干净”之后，嘴角弹出的飞吻、会想起每次出去吃饭碰见同学，他都会介绍说“这美女是我媳妇儿”时流露的骄傲、会想起每次被老师罚写，都会把自己的手放进心口，亲一下然后说“媳妇儿帮我写”，被骂脸皮厚之后，面露谄笑说“一日夫妻百日恩嘛”时候的依赖。

然而，为什么自己是最后一个知道云飞要离开家乡去北京读书的？那些跟在云飞屁股后面又被他搂进怀里的片段，又算什么？

这是一场无言的离别，过去的依赖、欢笑和同行都随着时间的流淌被迫封存于心里的角落，我们踏上各自的征程，遗憾的是，我没有问你的明天在哪里，你也没有问我要不要一起。

沈韵走的那天，乘坐大巴，提前四十分钟到达机场，办理好所有的手续直接登机，没留下一丝的喘息。飞机起飞的时候，看着生活了十八年的城市在脚下逐渐渺小，最终消失不见，沈韵深吸了一口气。

三个半小时，到达 N 城，出租车在陌生的街道穿梭，司机操着生硬的普通话，偶尔还有一两句听不懂的本地口音。沈韵沉默不语，一排一排不知道名字的南方树木在眼前掠过，心底泛起莫名的孤独。

告别过去，是一种如蝉一般抽丝剥茧的疼痛，不曾热烈地相爱，分别的时候也就不存在卑微的乞求，如果真的能够安静地在未来的生命里各寻归途，倒也是一件值得庆幸的事。

【4】

周末的晚上，沈韵独自去上自习，回来的路上，在食堂要一份干炒牛河。自从到了N城，因为不适应当地的饮食，沈韵每天只吃一餐，人瘦了一圈。

突然对面的椅子坐进了一个黑影，死死地盯着沈韵。她抬起头向上看，云飞紧锁眉头，面目狰狞。沈韵放下筷子疯了一样地往外跑，却被云飞从后面一把抓住，抱在怀里，无论她怎么挣扎，云飞就是不肯撒开双手。

“就上这个大学是吗？你就自己来这里念大学是吗？沈韵，你长本事了，会背井离乡了啊！你是不是还想在这里举目无亲孤独终老啊？”云飞一边紧紧地抱着沈韵，一边咆哮着。

“要你管？你以为你是谁啊？我又是你的谁啊？”沈韵用力地挣脱。

云飞抢过沈韵手里的书，用力地将每一页都撕烂，指着她继续说："你听好，跟我去北京读书！"随即从钱包里抽出一张银行卡扔给沈韵，"这里面的钱，足够你复读了。"

沈韵没有接，卡掉在了地上，她的心也随之碎了一地，两个人气急败坏地相互看了两秒钟，沈韵的话语逐渐恢复了平和："你就是这么自以为是，你认为全世界都必须爱你，其实，你爱的只有你自己！"

沈韵转身就走，脑海中掠过那个过去和云飞一起吃饭时满脸幸福的自己、那个做完作业还要完成云飞的那份罚写100遍英语课文而通宵达旦的自己、那个明明没有云飞学习好却在填报高考志愿时偷偷报考省内最好的大学，希望能够和他录取到同一所学校，但不知他另攀高峰的自己、那个高考后落榜独自拖着行李来到离家几千里外的孤单无助的自己。

云飞没有再追上去，心里翻滚着满满的懊悔，他从来没有想过沈韵如此这般爱过自己，但是他确定自己不能没有她，这就像一种习惯，早已混入血液，难以分割。他在沈韵学校的足球场一圈一圈地跑，昏黄的路灯下，沈韵昔日的笑容迎面扑来，像是一个巴掌，打在云飞的胸口，痛到不能呼吸。

云飞离开的那天下午，沈韵收到了一个快递，打开一看，是云飞的手机，纵使脑子里面闪过无数的疑问，沈韵还是打开了它。

邮箱、短信、微信、e-mail……所有的通信软件全线飘红，里面全部都是寻找沈韵的信息，有发给沈韵的，有发给朋友帮忙打听去向的，群里所有的人，都在帮忙打听自己的下落。截至昨天，莫小陌还在微信里问云飞有没有找到沈韵。

沈韵再也按捺不住内心的想念，她意识到自己一直以来其实都是以告别过去为借口拒绝关怀，然而过去却一直停在原地，等待着她的归期。

【5】

“沈韵，云飞哥又请我吃烤串了，这周他第三次请我吃烤串了，你不在，吃什么他从来不让我选”、“沈韵，冬天了，南方没有暖气，云飞哥做的项目获奖了，我拿奖金买了两件Moncler羽绒服，后天就能到你那了”、“沈韵，云飞哥买了辆车，他从不让我坐副驾驶，说那个位置留给你”……

自从莫小陌再次和沈韵取得联系，就建了个群不间断“直播”北京这边她和云飞每日的生活，他们希望用这样的方式让沈韵在那遥远的N城不感觉到孤单，就像从前三个人仍然在一起一样，沈韵每次都微笑着回应。

这样的联系一直持续着，直到大四的一天，莫小陌找不到沈韵了，无论怎么发信息，就是得不到任何回复。电话也一直处于关机状态，莫小陌感到一种前所未有的不安。

“我想沈韵了，我要去N城看她，你陪我去吧，立刻，马上！”莫小陌打电话给云飞。

“你疯了吧？很快她就毕业了，到时候我会提前给她订机票，我们相聚的日子不远了。”云飞诧异地说。

“沈韵……沈韵……”莫小陌的话语越来越凝重，“我已经有两个多小时联系不到沈韵了。”

身在实验室的云飞顿时感到脖子后面阵阵微凉，一边换衣服，一边拨打沈韵的电话，一直关机。

云飞的心翻江倒海，在校园里一路鸣笛把车开到了门口，莫小陌上了车，两个人直奔机场，一路不知道闯了多少个红灯。

正当两个人因买不到机票而心急如焚的时候，沈韵的电话打进来，“小陌，给你一个惊喜！我来北京了！”

云飞和莫小陌连滚带爬地来到机场大厅，莫小陌一眼就在穿梭的人流中看到了沈韵，一袭洁白的长裙加一双裸色的高跟鞋，清新脱俗。

“别来无恙啊，云飞！”沈韵主动跟云飞打招呼。

“怎么会来北京？你手机关机，小陌都急疯了，我们正要去找你。”

“四年前，你没有告诉我你去哪里，然而你走了。四年后的今天，我也没有告诉你我去哪里，所以我来了。”沈韵从包里拿出了一张纸，递给云飞，上面赫然写着“清华大学研究生录取通知书”几个大字。云飞顿时热泪盈眶，欣喜若狂，三个人紧紧地抱在一起。

有些事，不能过去就记着；有些人，不能忘记就爱着，我们在追逐梦想的路上兜兜转转，那些委屈、伤痛、迷惘和想念终会化作珍惜放在心里景仰，让我看到你是如此爱过我，我是如此失去过。

4. 花开繁盛，爱未央

【1】

安茹晞刚刚毕业那年，去盛亚国际面试，比约定的时间早到了十分钟，和所有的面试者一样，坐在门口的空位上等。前台小静晃了晃饮水机上面的桶，没有水了，便坐回原位继续工作。

安茹晞看见饮水机旁边的地上还有一桶 20L 的矿泉水，弯下腰抬起，手腕翻转，轻松入位，前台小静回头看了一眼，当场惊呆了。

刘远洲从办公室出来，正好看到这一幕，他走到门口，弯下腰拿了一个纸杯，接了半杯水，递给安茹晞问："来面试的？"

"嗯！"安茹晞点一点头，正好快递小哥到访，她向后看了一眼，水杯往左一倾，不小心洒在了刘远洲的皮鞋上。她连忙道歉，随手从小静的办公桌边猛抽了三张纸巾，正要蹲下帮刘远洲擦鞋，却被他一把扶起。刘远洲眉头微微皱了一下，说：“女孩子，不要低头，更不要蹲下。”他接过她手里的纸巾，向侧面的洗手间走去。

看着这个不苟言笑，身材高大，穿着 GUCCI 西装的男人，安茹晞感到“出师不利”，心瞬间狂跳不止，脑子彻底一片空白。

没容得片刻的喘息，小静通知她面试开始。她径直走进面试的会议室，迎面而坐的五个高管中，她看到了刘远洲。他坐在中间，好像是主面试官，她与他对视了一眼，心里排山倒海翻滚起来，想起刚刚发生的一幕，感觉这场面试似乎已经没有继续下去的必要。

简单地自我介绍之后，刘远洲用法语抛给安茹晞一个意料之外的问题：“刚刚在前台为什么要换那桶水？”

“啊？”安茹晞惊呆了，这叫什么问题？安茹晞莫名其妙地看着他，她确定他是在整她，心想就这么一个跟公司毫无关系的问题有什么好回答的？真是个变态！

“不会讲法语？”刘远洲的语气让安茹晞忍无可忍，于是拍着桌子站起来用流利的法语跟他说：“我放弃这份工作，因为我不知道您的问题有什么意义！”转身就往门口走。

“站住！”刘远洲一边说，一边在面试单上打着分数，随后与旁边的高管短暂交流，只见众人陆续点头。刘远洲站起身，依旧是那副严肃的表情，这一回，他用中文说："明天九点，去人事报到。"

【2】

离开国际金融中心，安茹晞的内心一路都是崩溃的。在回家的地铁上，她一边在心里将刘远洲千刀万剐N遍，一边纠结要不要放弃这次机会。她看着站牌在车窗外飞驰而过，所有的委屈一股脑地涌上心头。

"去！为什么不去？"第二天早上醒来，安茹晞对着镜子中的自己说："不但要去，还要美美地去！"洗漱完毕，她化了一个精致的淡妆，戴上了美瞳，在纯白色连衣裙上喷下安娜苏的瞬间，空气中弥漫着樱桃的淡淡甜香，与腮红和唇膏完美搭配。出门之前，蹬上一双白色高跟鞋，她对着镜子冲自己微笑，默默地在心里为自己加油。

"什么？刘总的助理？确定是刘远洲吗？"安茹晞去HR报到时，意外得知她所应聘的"经理助理"职位，原来是做刘远洲的助理！血一瞬间冲上了脑门，她感觉自己死定了，有种想马上逃跑的冲动。

HR的赵经理把安茹晞带到刘远洲的办公室，她一个人站在办公桌前，刘远洲连眼皮都不抬一下，专心地看他的电脑。5 分钟、10 分钟、15 分钟……办公室的空气一片死寂。半晌，他好像忙完了手里的工作，终于站起身来：“安茹晞，欢迎你！”他伸出右手礼貌地跟她握手，安茹晞用右手的手指部位轻轻迎合，便把手抽了回来，心想：这个变态，让我在这里等这么久！

在刘远洲的办公室门口，有一个堆满文件的空座位。“你以后就在这里办公，桌上的文件，两天之内看完来找我。”还没等安茹晞回话，刘远洲给她 100 元钱：“两杯咖啡，楼下巴黎贝甜，谢谢！”看着他关上办公室的门，再看看那堆积如山的文件，安茹晞恨不得一拳打过去。

转眼到了 6 点，天色暗了下来，同事们陆续下班，整个大厅，只有安茹晞位置上的灯还亮着。这个时候，外卖送餐员推门而入，刘远洲从办公室走出来，接过外卖，看着安茹晞说：“吃完再加班吧！”

安茹晞彻底爆发了，她将手里的文件摔向桌面，大声喊道：“为什么要如此针对我？一个大男人，皮鞋上面洒点水，我也道歉了，还至于如此不依不饶？你就是一个小人！跟着你这样的人，不干也罢！”

刘远洲站在原地等她把话说完，用温和的语气说：“第一，我从来没有把你洒水在我皮鞋上的事放在心上；第二，让你用法语回答问题是因为公司接下来有法国方面的业务，需要一个懂法语的人跟case；第三，让你看的这些文件，都是公司的成功案例，让你加班看，是为了让你尽快进入工作状态，不知道以往的工作流程，如何尽快地开展工作呢？”安茹晞听完了这些话，怔在那里，昏暗的灯光下散发着外卖的香气，她看到刘远洲回到办公室的背影，疲惫而寂寞。

【3】

打那以后，安茹晞每天主动加班，她已经记不清一个晚上要喝多少咖啡，又有多少次忘记了回家的时间。

大多数情况下，刘远洲都在，只要看到他办公室的灯亮着，安茹晞就不觉得孤单。渐渐地，就连晚上七点半准时会送达的外卖，都成了一种习惯和期待。

公司的每一个case，刘远洲都烂熟于心，他一向对安茹晞提出的疑问知无不言。安茹晞进步得很快，刘远洲出去见客户都把她带在身边。她也的确非常努力刻苦，积累工作经验的同时，还学习社交礼仪，连刘远洲自己都不敢相信，短短一个月的时间，安茹晞对于case的很多解决方案都与自己不谋而合。

像一株含苞待放的花，历经一夜的风雨，花托褪去青涩，枝干变得坚韧，这是它最美的时刻，柔嫩而不娇嗔，清雅而不妩媚。花瓣用力地向四面蓬勃地舒展着，直到花蕊最大限度暴露在阳光下，因吸收热量而变得芳香甘甜。它不会忘记清晨第一滴渗入根部的露水，因为有了它，花才得以成长。

【4】

转眼到了秋天，安茹晞不但顺利地通过了试用期，还独立完成了很多case。刘远洲请她吃饭，以此作为犒劳，选在了位于国际金融中心附近的法国餐厅。这家餐厅是豪华游轮主题，天花板上的星空设计让人叹为观止，坐在餐厅内，好像置身于大海，抬头是漫天繁星，浪漫而富有情调。

鲑鱼和舒芙蕾都是店里的招牌，刘远洲和她从法国的美食聊到法式的浪漫，从法国的景色聊到法式甜品，安茹晞安静地听着，他的一颦一笑都充满着岁月的积淀。她喜欢倾听他说人生的哲学，那是洗尽铅华后的云淡风轻，亦是历经世事后的淡然如水，就像人生路上的一座灯塔，让她勇敢地向前走。

吃过了饭，刘远洲把她送回家，车里的轻音乐如行云流水般拂过耳畔，融在两个人的笑容里，与星光同路，皎月为伴，如蚕丝般柔滑地轻抚在每一寸肌肤。车在夜晚的霓虹下快速行进，安茹晞看着旁边这个目光如炬的男人，听见了自己的心跳。

安茹晞：“把车停一下好吗？”

刘远洲把车平稳地停在路边，关掉音乐，他没说话，眼睛依旧看着前方。安茹晞看了看他，微风从窗外吹进来，撩拨着她额头的刘海，她感到心快要跳出嗓子眼儿。缓慢地深吸一口气，鼓起勇气用她的左手紧紧地握住刘远洲随意搭在档位上的右手。她第一次主动握住一个男人的手，感觉到自己的脸瞬间灼烧起来，手腕的动脉在近乎癫狂地跳跃着，指尖已经麻木得失去了知觉。

刘远洲把喉咙收紧，他感到安茹晞的手如同冰一样冷。他不敢看她，用右手的大拇指轻抚两下她的指甲，随后把自己的手用力从她紧握的手里拔出来，迅速地打开车门下车，靠在车头急促地呼吸着。他稍微平复了一下情绪，拿出一根烟放进嘴里。

安茹晞知道感情的事不能勉强，但是她无论如何也无法相信他不喜欢自己，倘若不喜欢，那么这些日子他为她做的，又都是什么呢？

抽完了那根烟，刘远洲重新回到车里，沉默了一会儿，轻叹一口气说："我离过婚。"此时的安茹晞已经泪流满面，她抱紧刘远洲，用近乎乞求的语调说："我不在乎！"

"在我心里，你就像盛开在天堂的一朵白玉兰，圣洁而坚强，而我，比你大八岁，打离婚起，我就被抛弃在生活之外苟延残喘，唯有拼命工作才能找到存在的意义……"刘远洲的言辞里都是绝望，安茹晞大喊一声：“够了！”坐上了迎面驶来的出租车。

【5】

十二点以后的season，昏暗的灯光把酒吧的每一个角落都照得魅惑，空气中四处弥漫着的荷尔蒙气息，混合在各种牌子各种味道的香水里。舞池里眼神迷离的男女正随着嗨曲疯狂地扭动着年轻的躯体，调酒师正娴熟地让一杯蓝色沙漠冒着白色的烟雾，递到一个一头长发，身着黑色皮裤的高跟鞋美女面前，打着暧昧的飞吻。

刘远洲侧身缓慢地从人群中穿过，来到舞池中间，他看到化着浓妆的安茹晞正闭着眼睛在高台上跳着钢管舞，黑色的超短抹胸镶钻小礼服配一双玫粉色高跟鞋，露出皙白笔直的大长腿，及腰的长发随身体肆意地摆动着，时而用右手手指向后撩拨，高台下的男人随着DJ打出嗨曲，疯狂地晃动着自己的身体。

看到这一幕，刘远洲实在按捺不住，跳上高台一把抓住安茹晞的手臂把她拉了下去，然后使劲往外面拉。安茹晞将左手按住刘远洲紧紧拉着的右手，拼命地向后挣脱，刘远洲气急败坏地拉住她的两个手腕继续往外拉，将她按靠在右后面的玻璃窗上，一只手掐住安茹晞的脖子，另外一只手咬牙切齿地扬起胳膊，张开手掌，停顿了两秒，时间静止了。

安茹晞一动没动瞪着刘远洲，她看到他的手在深夜的冷风中不住地颤抖，他从来没有这么生气。“为什么要这样？为什么要这样作践自己？”刘远洲咆哮道，掐着脖子的手开始用力，安茹晞试图用双手掰开他的手指，她感到脖子快要断了。

终于，他撒开了手，安茹晞站起身来，眼泪翻滚而下。她朝刘远洲歇斯底里地喊道：“你凭什么质问我？我在你眼里算什么？为了让你能够快一点升职到更高的位置，我拼命地工作，好让你能够更快地做出成绩，爱一个人，就要给他一个他想要的未来，你到底知不知道啊？”

安茹晞哭花了的妆，就如一朵颓败的黑玫瑰，与身上的香水一起散发着萎靡的气息。泪水从下巴滴落到胸口，一阵风吹过，皮肤的寒凉与心痛混合在一起，她双手抱紧裸露的双臂颤抖着，仿佛感到整条街的霓虹都在嘲笑自己。

【6】

星期一的早上，安茹晞像往常一样来到公司，走到大门口，她发现小静坐在自己的位置上，她有一种非常不好的预感，难道是……

她走过去，小静站起来意气风发地跟她打招呼：“早上好！安总！”

“安总？”安茹晞彻底蒙了，她推开刘远洲办公室的门想一问究竟，却看到了办公桌上，刘远洲亲笔签字的调令。原来，他把这里的一切都留给了她，却自告奋勇远赴法国开启了未知的征程。

安茹晞终于读懂了刘远洲的爱，他包容着她的倔强，教会她如何成长，他自知自己千疮百孔的心无法为她抵御全部的风雨，所以他把自己建造的城堡送给她，然后放心地离开。

爱到了深处是给予，情到了深处是无言，那些温暖过却未驻足的人，终有他需要独自舔舐的伤。当我们学会不忘来路，不问归期，便会于思念的四季，开出他所期盼的繁盛，于是便明白，不辜负，才是最好的等待。

5. 离开，许你一世情深

【1】

整整一个中午，罗咏诗的电话一个接着一个，先是汪露打来说下班之后出去吃一顿大餐；然后就是季臻兴高采烈地告诉她哪个商场正在打折，要相约一起去血拼；最奇葩的就是邱晨，踩着超市营业的时间进去扫货，趁大减价心血来潮把未来几个月的生活用品全部搬上了购物车，接着排半个多小时的队参加商家举办的幸运大抽奖。可在看着货架顶端那款名牌山地自行车两眼冒金光之后，自己却抽到了五等奖——两个直径为70厘米的南瓜。罗咏诗听到这些，翻了两个白眼后挂掉电话。

Facebook上，各种形式庆祝万圣节的图片铺天盖地，罗咏诗发出了“这一天注定不能安静度过”的感慨，却遭到邱晨一票人的炮轰。打开 MSN，大家一致同意去邢玥家吃火锅，邢玥更是乐不思蜀，留言说："你们就在家里等着，我去接你们啊！"

邢玥是四川人，她能将现成的火锅调料加另外几种作料进行二次炒制，变成地地道道的重庆川油捞。在千里之外的大洋彼岸能吃到这么正宗的味道，实属难得。

一到节日或休息日，去邢玥家小聚似乎成了惯例。邢玥是一个标准的富二代，她的老爸为了让她安心在瑞士读书，特地在学校附近买下了一栋近400平方米的豪宅，配cooper用于代步，而她却把花不完的零用钱攒起来开了一家小型的中国商品超市。这个小超市自开业以来，销售业绩一路飘红，她也轻松博取了老爸的欢心，不但落得个"虎父无犬女"的美名，还使 cooper 摇身一变，换成了宝马 750。

可是，这小女子却身在福中不知福，时不时在 Facebook 上发表一下自己的孤独寂寞冷，总是在群里说："你们搬来我这里住吧！我不收你们房租。"然而，就像季臻说的，谁也受不了这小妮子黑白颠倒的生活。她经常在天亮之前睡觉，天黑以后起床，然后在 MSN 上写下"又没有看见太阳"的感叹。汪露更是做出了"住你的房子，不要钱，要命"的精辟总结，而邢玥却以"永葆青春的生命在于经久不衰的折腾"为至理名言。

晚上六点，车准时抵达豪宅，刚进入客厅，大家被吓了一跳，只见一个男人穿着吸血鬼服饰，戴着一副面目狰狞七窍流血的面具站在吊灯下面。邢玥右手转着车钥匙一边把大家引进来，一边介绍：“给你们介绍一个新朋友，梁政，我的大学学长，现在是一名会计师。”

梁政慌张地摘下面具一边跟大家打招呼，一边解释说这是邢玥准备的万圣节 party 服装，他穿上试试。正当大家夸赞这凤眼浓眉的男人“帅得一塌糊涂，保密工作做得好”的时候，邢玥却坐在沙发上跷起二郎腿赶紧澄清：“我跟他可是一毛钱关系没有啊！他跟你们一样，都是哥们。”

此话一出，引来一阵唏嘘。

【2】

不是有一句话这样说嘛，如果想看一个女生的素养如何，那就带她去吃火锅。就在大家按照之前聚会的惯例落座打算横扫杯盘的时候，只有罗咏诗发现因为梁政的到来而少了一把椅子，她礼貌性地点头，示意把椅子让给梁政坐，梁政也谦卑地回应“lady first”。互相谦让了三巡，邢玥实在看不过去了，转身从包里拿出车钥匙扔在桌上：“我店里还有椅子，你们谁去拿？”

接下来的画面让大家都惊呆了，只见罗咏诗和梁政一人拉住钥匙的一头，异口同声地说：“我去！”

邱晨拉出了“看热闹不怕事大”的架势，一脸贱笑地说：“要不两人一起去吧！一个人拿椅子，一个人再从她店里搬回点吃的，今天吃不了我们兜着走。”

邢玥一听这话，用高跟鞋死死地踩在邱晨的脚上，瞪着眼珠子低声说：“你这见缝插针的本事真是见长啊！”

这边邱晨正吐嘈邢玥踩坏了她新买的UGG，那边罗咏诗就真的跟着梁政走出了门，直到听见车库里打火的声音，季臻才反应过来：“这是什么情况？”

汪露拿起筷子敲了敲火锅：“开了啊，水开了，咱是不是可以开动了，刚刚那两人还能回来吗？”说话的工夫，拿漏勺涮了五六片肥牛，满足地吃了起来。

二十分钟不到，只见这两位一人拿着椅子，一人拎着一大袋肥牛和鱼丸走了进来。季臻识相，赶紧端起碗筷坐到了汪露旁边，空出两个并排的位置，两个人很自然地坐了下来。邢玥看着邱晨双手接过罗咏诗从她店里顺回的食物，下意识用手捂了捂胸口说：“你们这帮吸血鬼。”

【3】

与其他人不一样的是，罗咏诗没有显赫的家庭背景，没有名牌大学的教育经历，妈妈在她12岁那年因爸爸“没有本事”

而改嫁异地，爸爸两年之后又找来一个“小妈”登堂入室。但是好景不长，小妈经常以“贫贱夫妻百事哀”为主题，每天演奏锅碗瓢盆打击乐，不过罗咏诗还是感谢爸爸坚持顶住压力让自己读完大学本科。为了能多赚一点钱，她没有留在家乡工作，而是选择来到瑞士教幼儿园的小朋友学中文，生活虽然清汤寡水，但终究距家万里之外，再也不用理会那些是非纷杂。

她的爸爸不太会用E-mail、QQ、微信、MSN等通信工具，家里也没有装Wi-Fi。她刚刚出国的时候非常想家，爸爸打开手机流量都要背着小妈，一旦被发现，又是一番标榜自己忍辱负重与之同甘共苦的高谈阔论。正是因为这样，本想奋斗5年就回国的罗咏诗把异乡单打独斗的战线无限期拉长。

所以，在邢玥这一票好友眼里，罗咏诗总是有着超越年龄的成熟和淡定，在汪露、季臻、邱晨的心上她更是接地气的“百事通”女神。几个人生活上遇到什么事情，总要打个电话征求一下她的意见，因为很多事情是物质条件优厚、认为一切可以用钱搞定的邢玥无法理解的。

与梁政在一起，并非如邱晨她们所猜想的，吃顿火锅的时间就私定了终身，虽然万圣节之后两个人有时也会相约单独活动，但也仅限于吃饭看电影之类，没有那么快就确定下来。值得一提的是，虽然罗咏诗出身贫寒，但一向洁身自好，独立自强，对待任何人都坚持“三不”原则——不亏欠、不占有、不过分依赖，尤其是男人。

真正让她决定和梁政在一起，是与邢玥一起参加了他的28岁生日派对后。她知道梁政一直保留着用钢笔写字的习惯，没多想就买了一支万宝龙。梁政觉得太过贵重，把盒子握在手里深情道谢。谁知邢玥一边嚼着口香糖一边起哄说：“梁政，你个初出茅庐的小会计，如何驾驭得了万宝龙啊？我看你是无以为报，只能以身相许了！”

梁政没有理她，眼睛一直盯着罗咏诗，他拿着这支钢笔，说：“终有一天，我会让自己配得起这支钢笔！”梁政深情地吻了罗咏诗，这个时候，邱晨因为不合时宜地投以雷鸣般的掌声，大腿被邢玥狠狠地踢了一脚。

【4】

与梁政在一起以后，罗咏诗任劳任怨，做起了“上得厅堂，下得厨房”的贤内助，不但和梁政一起赚钱养家，还尽最大能力时刻保持貌美如花。梁政和客户应酬，为了避免喝酒伤胃，罗咏诗早早熬好了粥在电饭煲里温着，让他无论多晚回来，吃到嘴里都是热的；梁政的每一件衣服，都熨烫平整并折好放进衣柜，按照季节，薄厚替换；每到节假日，就在家里把房间收拾整齐，然后给梁政做一顿丰盛的晚餐。

梁政从来到这个会计师事务所工作至今都住在一个商务SOHO，这里虽然比较小且租金不菲，但是走路就可以到公司。只是，这里离罗咏诗上班的地方很远，需要她每天提前一个半小时就出发，可即使这样，她还是每天做好早餐放进保温箱里，就像一个拥抱，她希望梁政在每一个清晨醒来之后都能感受到这份温暖。

每个周末，罗咏诗都会去附近的花店，把前一周放在房间里的百合花换成新的，轻轻地放在床头，静静地等待花香飘满整个房间。

她喜欢在清晨的阳光里看梁政的脸，清晰的轮廓，棱角分明却不突兀，上扬的嘴角和眼角总给人一种微笑的亲和，高挺的鼻梁有时还能看出昨夜加班时戴眼镜卡过的印迹。她甚至想象过当三十年以后，他两鬓斑白地躺在那里，看透了世间的一切而变得平和，在睁开双眼的那一刻，用修长的手指拉着她说："亲爱的，早安！"每次想到这里，她都会不由自主地笑出声音，但是，她不知道命运是否会赐予她那样的一天。

【5】

圣诞节前夕，梁政发了一笔奖金，按照惯例，应该组织所有人去邢玥家吃火锅，他以“肥水不流外人田”的豪言壮语把挑选食材的任务交给了邢玥：“想吃什么你尽管从店里拿，哥改进一下你店里食物更新换代的速度，顺便也为你的创收尽绵薄之力。”

到了晚上，邢玥、季臻、邱晨每人提着两大袋食材回来，进了房间，邢玥把购买食材的小票递给梁政。梁政看了金额，差点坐在地上，“玥祖宗，为什么肥牛要吃澳洲进口的啊？”邢玥给出了顺水推舟的回答：“因为是祖宗，祖宗，祖宗！”话音刚落，梁政乖乖地掏出钱包，心悦诚服地付账。

吃到尾声，梁政起身敬酒：“我要离开这里了，去德国，公司有新的业务要在那里开展，我主动请缨，这样如果做出成绩，估计再回来的时候就能升职。”

梁政说这句话的时候，大家把目光都投给罗咏诗。梁政拉起罗咏诗的手，从怀里掏出一枚戒指，单膝跪地给罗咏诗戴上，说：“好好照顾自己！大概两年我就回来了，嗯……也许，还能更快一点。”

罗咏诗看着那枚戒指，没有说一句话，心里却盘旋着“估计”、“大概”、“也许”之类的词语，她心里非常清楚，这是一场连梁政都不知道归期的离别，而令她格外伤心的是，梁政根本没有问她要不要一起走。

爱情与梦想，就像高速公路上驰骋的两辆车，一旦踏上了，就没有回头路；当梦想需要被超越的时候，爱情就必须减速让行；

如果我们选择倔强地与命运抗争，最终的结果便是两种：轻则在出口处分道扬镳，重则在行驶中玉石俱焚，谁都在劫难逃。

【6】

梁政走的那天早上，罗咏诗很早起床帮他收拾行李，将所有的证件放入随身携带的包里并再三检查是否齐全，还做了三明治和牛奶为早餐。

“今天幼儿园有课，我就不去送你了。”罗咏诗说这句话的时候，梁政有些失落，不过很快又说：“好！”

时间一分一秒地流逝，离别如果进入了倒计时，那么再多的嘱咐都变得像浮萍般无以附加。终于到了最后的期限，罗咏诗把梁政送到门口，车缓缓地驶离，后视镜里，梁政看到了她如阳光般温暖的微笑。

车在路口转弯处看不见踪影，罗咏诗转过身，伫立在这幢金碧辉煌的SOHO门口，看着从里面进出的人，精致的面容里空洞的眼神，便觉得和自己恍若隔世，身后一阵风吹过，不由自主地打了个冷战。

抬起左手，十点，车准时开动，梁政刚要拿出手机，发现角落里有一个小小的透明口袋，他把它打开，里面是一枚戒指和一串钥匙。

仰望花开，守一世安宁

1. 城殇，夜深流云化无语

【1】

七月的一天，念颖给苏梦蕊打电话，说冉冬涵请客吃饭，银河码头，六点钟，吃海鲜。看了一下日历，今天是什么日子呢？不是过年，不是过节，不是周末，也不是她生日，去这个“急赤白脸”吃一顿就得少则几千多则上万元的地方，这分明是吃完这顿就不想过了的节奏！

冉冬涵毕业于一所名不见经传的大学，虽然学的是外语专业，但是也比学习其他专业的学生多会不了几个英语单词，年近三十，事业上也没什么起色，却唇红齿白、细皮嫩肉，颜值颇高，而且至今还站在单身贵族的行列。

这小女子至今未婚，就是因为选择老公的标准极其苛刻，既要求德才兼备，幽默风趣，又要求无不良嗜好，温柔体贴，就连小细节都不放过。去年，念颖给她介绍了一个男人，是某211工程大学老师，北师大研究生毕业。可就因为在洗手间扔垃圾的时候，前面一个三四岁的小朋友没有把手纸扔进垃圾桶，而这位可怜的人民教师也装作没有看见，便被冉冬涵说没有公德心而宣布恋情告吹。用念颖老公高书鹏的话来说，她是拿选美的标准去选男人，最终选出的男人，就像选美比赛一样，属于全天下的女人。

【2】

苏梦蕊第一个到银河码头，转门的扶手位置镶满意大利进口紫水晶，高4.5米的花开富贵牡丹花烫金雕塑，大堂手工雕刻的万马奔腾背景墙霸气十足，坐在真皮的沙发上听人工瀑布的水声和现场钢琴演奏完美融合，那感觉真是爽到了极点！

不久，念颖挽着高书鹏进来，三个人进入包厢。正当大家满腹疑问的时候，冉冬涵带着一个男生推门而入。这个男生真是小鲜肉一枚，178cm左右的身高，平头，Armani白色T恤显出结实的肌肉和健硕的身材；再看冉冬涵，身着水蓝色连衣裙和白色高跟鞋，手拎水蓝色coach包，这画面让人顿感清风拂面。

所有人起立，面带微笑表示热烈欢迎，冉冬涵淡定自若："给大家介绍一下，这是我男朋友詹锦遥。”话音刚落，只见这小鲜肉双手合十向大家深鞠一躬：“各位好！我叫詹锦遥，很高兴认识大家！请大家多多关照！”

非常完美的开场白后，落座，菜一道道上桌，鱼翅龙虾大闸蟹，外加酒店自产的黄酒，真是绝配。正当大家相谈甚欢之时，詹锦遥提酒一杯：“我敬小姨、小姨夫一杯，和冬涵在一起两个月了，一直想和大家吃顿饭，今天终于有机会在此相聚，不胜荣幸。”随即将杯中酒一饮而尽。

詹锦遥说完这句话的时候，苏梦蕊下意识地喝了一口，喝到一半，又觉得这句话好像哪里不对，酒全部呛进了嗓子眼，咳了好一会儿才缓过来。

苏梦蕊这一咳，在座的所有人都反应过来：小姨？小姨夫？这是什么称呼？大家一声不吭地拿起手机在群里喊话冉冬涵，得到的回应是，这小鲜肉只有20岁。

群里瞬间炸开了锅，大家猜到詹锦遥一定是比冉冬涵小，但没想到小了十岁！按照年龄算，叫“小姨”无可厚非，但若是从冉冬涵那里论，如果真应下了“小姨”这个称呼，那岂不是以后要称冉冬涵为“外甥媳妇”？

然而大家还是把酒言欢，吃完了这顿海鲜大餐，中间看冉冬涵和詹锦遥亲了八次。

【3】

在大家的记忆里，冉冬涵的恋爱没有一次靠谱的。唯一谈及婚嫁的男人叫刘宇宁，她的大学同学，这段长达六年的恋爱最终以颠沛流离收场，不但狼狈得丢盔卸甲，自尊也被碾压得体无完肤。

刘宇宁是一个带有浓厚文艺气质的男生，双肩背包、黑框眼镜、白色板鞋是他的标配，有着干净的面容和高挑的身材，一口流利的美式英语让冉冬涵望尘莫及，崇拜得五体投地。

每段爱情的开始都是美好的。自从两个人在一起，冉冬涵就包揽了刘宇宁的全部生活起居，从打饭、洗衣服到一日三餐，都照顾得井井有条，对于外人看到的缺点，她也认为是不足挂齿可以忽略不计的小毛病。

最让苏梦蕊和念颖这一票闺蜜不能忍受的是，刘宇宁是一个极其抠门的人。其实，他的家庭条件远在冉冬涵之上，但就是有什么好的都喜欢往自己身上添置，从来不考虑冉冬涵需不需要，连第一次请闺蜜们吃饭都是冉冬涵自掏腰包。当时高书鹏就说："一个男人，如果肯为你花钱，他不一定爱你，但是如果不肯为你花钱，就一定不爱你。"当时这些话对冉冬涵而言是对牛弹琴。

两个人爱得那叫一个你侬我侬，如胶似漆，在一起不到两个月，冉冬涵就告知了家里，随后每周末公然从家里大包小裹搜刮吃的穿的用的给刘宇宁带去，只要刘宇宁提到的事情，哪怕就是随口一说，她拼了命也会做到。

冉冬涵也真是爱刘宇宁爱到了骨子里，自从见了对方的家长，就把自己当作准儿媳，在刘家自由出入，可变化也就是从那时开始的。

冉冬涵最常做的事情是严控刘宇宁的手机，不放过里面的每一个角落，并且实行夺命连环 call 政策。

刘宇宁刚毕业，在一家外语培训学校做老师，一节课一个半小时，下了课之后，手机要么就是直接被打到没电自动关机，要么就是有七八十个未接来电。刘宇宁对此事十分不满，两个人吵得最凶的一次，刘宇宁说："冉冬涵，我这辈子要是能娶你，那真是瞎了我的眼！"

爱到了深处，经常会把占有当成爱，然而谁也不是谁的附属，爱情是有生命的，若无喘息的空间，一定会另辟蹊径。

两个人分手的前奏是刘宇宁和一个小他三岁的女孩过从甚密，有一次两个人在一起吃饭，电话无意被拨出，谈话的内容全部被冉冬涵听见。因为这件事，两个人吵了半个月，吵到刘宇宁最后能够非常平静地说："只要你同意分手，什么条件我都答应。"

离开刘宇宁的冉冬涵是崩溃的，她甚至有些抑郁，那时候，念颖和苏梦蕊只要找不到她，去刘宇宁住的房子附近就肯定能找到。冉冬涵整天整夜地徘徊在那里，想象着一个转身的瞬间，能与刘宇宁不期而遇。

【4】

听冉冬涵说，詹锦遥是把她从刘宇宁的感情泥沼里拔出来的人，也是一个懂她的男人，虽然他只有 20 岁。

两个人是在酒吧相识的，刚刚与刘宇宁分手的冉冬涵借酒浇愁，天天泡在“西城酒吧”。有一次在啤酒、白酒、洋酒、鸡尾酒的“四盅全汇”交替中败下阵来，不但没有买单就往外走，而且抱着门口的大树就不撒手，嘴里一直碎碎念：“刘宇宁，你别离开我，刘宇宁，你在哪啊？”

詹锦遥刚好在附近的餐厅和朋友小聚完出来，正好撞见，就帮她付了酒钱。冉冬涵醉得不省人事，詹锦遥本想把她送去宾馆，但转念一想，一个不认识的女孩，如果送去宾馆的途中醒了，容易造成误会，于是趁附近的家居用品小店还没关门，买了毯子，放直座椅，陪她在车里坐到了天亮。

冉冬涵为了表达詹锦遥的搭救之恩，请他吃早餐，这小鲜肉虽然开着奥迪，但还是继承了中华民族艰苦朴素的优良传统，不但把所点的餐食全部吃光，最后的餐巾纸也在擦完嘴后折叠好放进餐盘，便于服务员清理，这让冉冬涵感觉非常踏实。

吃完了饭，詹锦遥送冉冬涵回家，到了小区门口，詹锦遥拿出一张黄色的便签纸，上面用派克钢笔写下了一行字，折好，递给冉冬涵，让她回到家再看。

简短的道别之后，冉冬涵上了楼打开那张便签纸，一行黑色的楷书写得工整流畅："爱情的最后，所有的放不下，都是源于不甘心。"

这句话让冉冬涵彻夜未眠，她陷入了深深的思考，思考自己跟刘宇宁的最后，不舍的到底是他这个人，还是那六年最好的青春时光？觉得惋惜的到底是这段感情，还是自己在感情里付出的一切？如今心灵的痛点到底在刘宇宁身上，还是那个被隔绝在结婚殿堂门外孤单落魄的自己？

当破晓的晨光再一次照亮房间，所有的疑问全部迎刃而解，冉冬涵心里得出的答案全部是后者，而且非常确定。她从镜子中看到自己憔悴的面容，听到那些执拗的借口在耳边呼啸而过。

一个拉着你走出过去的人，注定不会在生命中擦肩而过，他会在给你勇敢的同时默默关怀，容纳你过去的记忆，甚至是你脑海中残留的那个人，用源源不断的温暖填满那颗受伤的心，直到让它再次充盈起来，恢复以往的活力，蓬勃地为爱跳跃，而不仅仅是为某个人。

【5】

苏梦蕊和念颖一直都不看好这段感情，念颖认为，若是詹锦遥比冉冬涵大 10 岁，无论是从心智，还是伦理道德上讲，都是可以理解的，但若是反过来，可能就没那么容易接受了。

苏梦蕊的表达更为露骨，直接问冉冬涵："那么小的男生，你也下得去手！"说得冉冬涵不寒而栗，甚至有那么一段时间，在靠近詹锦遥的时候，还真有那么一点别扭。

10 月 20 日是冉冬涵的 30 岁生日，詹锦遥知道冉冬涵喜欢 Hello Kitty，提前半个月就开始筹划以 Hello Kitty 为主题的生日 party。他把客厅的墙刷成了粉色，沙发换成了粉色，就连电视和茶几都被罩上了粉色，天花板上全都是粉色的心形气球，电视柜上摆着一对粉色的 Hello Kitty，餐桌上还有一个粉色的 Hello Kitty 蛋糕。苏梦蕊、念颖、高书鹏悉数到场。

许愿的时候，冉冬涵闭上眼睛双手合十，苏梦蕊突然高兴得鼓掌蹦跳起来："求婚，求婚，求婚……"现场因此安静下来，气氛变得有些凝重，念颖使劲向苏梦蕊使眼色，苏梦蕊没反应过来，小声问念颖："什么情况？"

这时候詹锦遥单膝跪地，牵起冉冬涵的手，深情款款地说道：

“涵涵，我虽然还没到法定登记结婚年龄……”说到这里，苏梦蕊用右手拍了拍脑门，恍然大悟。

詹锦遥向大家宣布他要去四川的飞行学院学习，历时两年，两年以后还要去澳大利亚学习的时候，空气凝结了，没有人再说话，大家都知道这对30岁的冉冬涵意味着什么。詹锦遥那不确定且无比辉煌的未来到底能不能经得起岁月的打磨，最终使这段爱情修成正果，谁也不敢保证。

在青春年少的时候，我们会轻而易举说出永远，可就连我们自己都不知道命运会把我们带向何方，而当初说的那份永远，又被遗失在哪里。

詹锦遥走的那天，天空淅淅沥沥下着小雨，每一滴雨都在哭诉着这场离别。冉冬涵没有去送行，因为她不知道如何面对机场回程路上形单影只的自己，她甚至不敢出门，因为在那条熟悉的街上，再也看不到詹锦遥的身影。

夜渐渐深了，冉冬涵蜷缩在地板上一动不动，窗外的云在黑暗中静静地流向远方，她想起詹锦遥临走前一晚从后面抱着她在这扇窗前说“也许有一天，我就会开着飞机划过这片天空”时眸子里的渴望，她无声地抽搐着，泪水倾洒在地面，蔓延到心里，一片微凉。

2. 直到离开，才知道如此爱过

【1】

大军哥睡醒的时候，已经是下午两点，昨天世界杯看到凌晨，德国对阿根廷，看得那叫一个热血沸腾，直播结束了以后他激动了半天。早上七点，屋里的三个录音闹钟依次响起，每隔十分钟响一次，一个说："Morning！起床了，美好的一天开始啦！"一个说："一定好好吃早餐哦！"第三个说："好好工作哦！You are the best！"

这是郜宛柔的声音，截至今天，她已经离开 12 天了，大军哥过着黑白颠倒的生活，但是无论睡多晚，他都没有想过要关掉这三个闹钟，照样让它们准时准点地响起，这已经成了一种习惯，因为听到她的声音，大军哥会感到很幸福。

【2】

大军哥曾有过一段婚姻，前妻叫江舒雅，是他在武汉大学读书时的同学，两个人同专业、同级，但是不同班。有一次上世界史大课，大军哥迟到了，弓着腰进来，一屁股坐在江舒雅旁边。

大军哥是上这种大课从来不带笔的人，一来是厌烦老师上课照本宣科，按照书本的原文朗读个三四十页，这一节课的时间也就过去了；二来是因为这样的课实在没有什么技术含量，就算听得再认真，也要到期末考试之前才知道考试的重点在哪里。

可是这次偏偏不一样，一个半小时的课，老师只讲了二十分钟，剩下的时间要让他们做一个作业，计入学分，当堂做，当堂上交。

大军哥厚着脸皮朝江舒雅借笔，江舒雅看着他烦躁地皱了皱眉头，从包里掏了一支笔给他，他嬉皮笑脸连声道谢。

大军哥写得一手好字，洋洋洒洒刻在试卷上，江舒雅交卷的时候偷瞄了一眼，冲大军哥笑了一下，这一笑，就笑开了大军哥的心。

大军哥上学的时候也算是风流才子一枚，下了课走出教学楼，他的心就活泛起来，非要感谢江舒雅考试时的“搭救之恩”。

江舒雅也不是吃素的，看了看教学楼四周，不是苍松，就是杨柳，站在原地说："就在这儿吧，我看你能玩出什么花样来！"

哪知道大军哥从江舒雅随身携带的笔记本上抽出几页纸，没到两分钟，折出一朵玫瑰花来，折下一根柳树枝插进花托，在江舒雅面前单膝跪地，深情款款地说："白玫瑰，纯白如你！"

江舒雅被大军哥徒手折玫瑰花的本事折服，两个人就这样一路打情骂俏走过了四年的大学时光，铸就了一段才子佳人的良缘。

大军哥的家庭条件不错，自从跟江舒雅在一起，就心甘情愿当起了这朵"白玫瑰"的护花使者，有钱出钱，有力出力，随传随到，甚至在筹备结婚的时候，大军哥立下了"你只要人到位，其他一切事情交给我"的豪言壮语。

江舒雅的老家在江苏的一个小镇，家里还有一个哥哥和一个弟弟，依照当时的情况来说，嫁给大军哥是最好的归宿。两个人敲锣打鼓、欢天喜地，步入了婚姻的殿堂。

结婚后，江舒雅跟随大军哥到北京生活。江舒雅找到了一份工作，公司的位置就在与大军哥临街的写字楼上，也是做物流，算是学以致用。上班之前，大军哥在新光天地置办了三套行头，她也就风风光光地开始了小资生活。

【3】

本以为这段感情会有一个“执子之手，与子偕老，患难扶持，欢乐与共”的圆满结局，然而在结婚两年半之后，大军哥遭遇了婚姻的滑铁卢。

有一段时间，大军哥下班后和往常一样在厨房做晚饭，发现江舒雅总是一个人待在房间里，起初大军哥以为她上了一天班，想休息一下。可是转念一想，还是觉得哪里不对劲，因为当他推门进去的时候，通常看到电脑开着。

让大军哥没有想到的是，江舒雅竟然从他的移动硬盘里窃取客户资料，致使他痛失了好几个客户。正当他想趁着中午休息的时间去江舒雅公司一问究竟的时候，却看到江舒雅和她的老板手拉着手走进了华彬费尔蒙酒店。

大军哥怔住了，他不敢相信自己的眼睛，他追过去，却亲眼看到两个人在房间门还没有打开的时候，迫不及待抱在一起热吻起来。

大军哥一把将江舒雅拉过来想要一个解释，江舒雅却说:“我从小地方来到大城市，见到了太多我之前从来没有见过的东西，大军，你很好，但是毕竟人往高处走，我还想要更好。”

大军哥没说一句话，转身离开酒店，大雨如注，他奔跑在全中国最繁华的商业区，穿过林立的高楼和灯火通明的街路，泪水和雨水混在一起，浇了个透心凉。

人生最可笑的事情就是，当你拼尽全力打造了一个看得见的未来，想和你爱的人牵手走过去的时候，却发现一切都是海市蜃楼。

江舒雅窃取的客户资料给大军哥的事业造成了严重的后果和不可挽回的损失，总部撤回了大军哥升职的申请，这就代表着大军哥将无限期地在原来的职位上工作。婚姻和事业的双重打击，让大军哥痛不欲生，每天酗酒，过着醉生梦死的生活。

【4】

STY，世界百强物流公司，大军哥担任市场部总监，郃宛柔来公司面试，从瑞士日内瓦大学毕业刚刚回国的她操着一口流利的英语和德语。公司考虑到有在瑞士方面发展业务的需要，以及急需一个熟悉环境的人接洽那边的工作，于是决定录用郃宛柔。

来上班的第一天，郃宛柔被公司安排在大军哥手下做助理，大军哥是这样介绍的："大家把手里的工作先放一放，我来介绍一下公司新来的同事，郃宛柔，26岁，以后小郃妹就和我们一起并肩作战了，希望大家能通力合作，把各项工作做好。"

没等郃宛柔说"初到工作岗位，请各位多多关照"之类的话，现场已经笑成一片了。大军哥看着这样的场面，不知道这些人为什么笑，表情严肃地砸下一句“赶紧工作吧！”便回了办公室。

从那以后，大军哥和“小太妹”的故事就在公司传开了，甚至被编成了连载，成为大家紧张工作之余的调剂。

这个“小太妹”不愧是名牌大学毕业的高才生，不但在短期之内精通了手上的全部业务流程，而且提出的方案也多次被采纳，只短短三个月的时间，就得到大区总经理通过公司内部邮箱的公开表扬，还提前通过了试用期。

为了让工作顺利步入正轨，郜宛柔每天主动加班，白天做大军哥交代的常规工作，晚上拿着公司原有的数据进行研究，经常是一边外卖配着咖啡，一边在电脑上查着资料。

有一次，大军哥陪客户应酬后回公司整理资料，昏暗的办公大厅，只看到郜宛柔一个人的身影，他走过去问她有没有吃饭，谁知郜宛柔指着大军哥打包回来放在茶水间的饭菜说：“这个就行。”接着兴致勃勃地吃了起来，就是这一次，使两个人的关系拉近了很多。

【5】

停滞不前的事业，让大军哥每天都很烦躁，他甚至不敢望向窗外，因为只要看到临街的那幢金碧辉煌的酒店大楼，他就会想起那段刻骨铭心的婚姻。

“周总，总公司发来邮件，说机场的那块广告牌，在下周之前务必拿下。”郜宛柔敲门进来说道。

“知道了！”大军哥皱了皱眉头。

隔了三分钟。

“周总，这个报表做好了，请您签一下字。”

“知道了，先放在那里。”

过了五分钟，郜宛柔又敲门进来：“周总，明天……”

“你有完没完？出去！”大军哥终于爆发了，一连几天，他被手头繁重的工作压得喘不过气来。

一直到晚上九点半，大军哥打开办公室的门正准备离开。他看到茶水间的灯亮着，走过去，看到郜宛柔在吃一桶泡面。

“这么晚了还不回家啊？”大军哥问。

郜宛柔缓缓站起身说：“周总，明天在EGP有一个签约仪式，那边下午发函过来，我一直在等您，跟您说这个事。”

大军哥顿时心生歉意，拿起桌子上的那桶泡面，扔进了垃圾桶，“走，不吃这个，我请你吃好吃的去。”

两个人开车去簋街吃烤肉，大军哥郑重其事地端起一杯酒向郜宛柔道歉，没想到郜宛柔没心没肺地一饮而尽。这一喝，便一发不可收拾，从两瓶到一打，再到一箱。自从离婚，大军哥很久没有这么畅爽地喝过酒了。

喝完一整箱，郃宛柔叫服务员再拿一箱，大军哥竖起大拇指赞叹道：“小太妹，让你做助理真是浪费人才了啊！应该让你去做销售。”

郃宛柔一边倒酒一边说：“你要是销售部总监，我就去做销售，总之，你去哪里，我就去哪里。”

暖流在心里排山倒海地袭来，大军哥跟郃宛柔说起他的上一段婚姻以及给工作带来的影响，郃宛柔用一句话道出了解决方案：“不愿意干就自己创业，咱什么没有啊，咱怕什么啊！你敢干，我就陪你干，咱以后干到欧洲去！”

这句话说得大军哥哑口无言，他没有想到这小女子能有如此胆识和魄力，刚要夸奖她，郃宛柔又喝下一杯酒。

大军哥那晚被郃宛柔灌得不省人事，郃宛柔找代驾把他送回了家，又费了九牛二虎之力把他抬到床上。刚要走，大军哥吐在了卧室的地毯上，郃宛柔只好留下来收拾残局。

凌晨两点半，大军哥觉得口渴，迷迷糊糊起来喝水，看到郃宛柔侧躺在脚下的长椅上，只盖了一条毯子。他悄悄走过去，为她盖好了被子，在昏暗的小夜灯下，他看着郃宛柔微笑的脸，陷入了沉思。

【6】

郜宛柔跟随大军哥一同辞职，创立了自己的物流公司。开始创业的那段日子总是异常艰辛，为了节约开销，从公司成立的那天起，郜宛柔一个人包揽行政、人事、财务、市场等各个方面的工作，很多时候来不及吃饭，就在路边的西点店买一个面包和一杯咖啡，但是大军哥在她脸上看到的却永远是一副心满意足的表情。

直到有一天，在跟客户签约之后被问到和郜宛柔的关系时，大军哥随口说了一句："这是我助理。"

郜宛柔的笑容有点僵硬，但还是礼貌地微笑。

让大军哥没有想到的是，一周之后，他收到了一个快递，里面有三个闹钟、两张人事招聘表格和一封信：

"周总，我帮您找了两个人，在以后的日子里协助您工作，送您三个闹钟，每天代替我叫您起床、吃早餐、给您打气，我在瑞士找到了工作，我就帮您到这里吧！"落款是："您的助理。"

大军哥看到这封信，脑袋"嗡"一下炸开了，他开车飞奔到公司，见到了前来报到的那两个人。

"您是周总吧？郜助理说，我们两个，一个负责行政，一个负责市场。周总，您这一块的市场郜助理是这样跟我交代的……"

“周总，我是负责行政的，郜助理说，每个月都要报这些数据给您，保洁阿姨每天上午八点要来打扫卫生，打印机的墨没有了，这张电子采购表，请您审批签字……”

大军哥傻眼了，原来郜宛柔为自己做了这么多工作！原来她早就爱上了自己，她一直守护着自己，给自己时间，给自己空间，让自己走出过去的窘境，她一直在拼尽全力，送给自己一个崭新的生活。

有时候，我们会忽视那些陪伴在身边的人，习惯到无视他们（她们）身处的凛冽和经历的风雨。当有一天这个人真的离开了你的世界，你才会知道，曾经她如何拼尽全力守护在那片天地，曾经怎样地爱过你。

3. 流年滔滔，恰似蜉蝣爱未了

【1】

在希尔顿逸林酒店顶楼的旋转餐厅，周美辰正和南枫面对面坐在靠窗的位置，俯瞰浦江两岸的夜景，庆祝在一起三周年纪念日。南枫为她倒上一杯香槟，细腻的气泡瞬间沸腾，周美辰身着玫粉色抹胸小礼服，卡地亚珠宝在灯光下熠熠生辉。

美辰其实并不喜欢喝香槟，总觉得气泡酒没有红酒醇厚，由喉咙顺着嗓子流下，在舌尖向下翻滚，那是一种不踏实的刺激。

南枫公司的大量业务都在海外，有时候一走就是半个多月，对于美辰，这种形式上的陪伴早已变得多此一举。

无论南枫在世界的哪一个角落，每年的纪念日，他都会回到美辰的身边。今年也不例外，他在楼上订了一间帝王套房，在司机送美辰到达酒店之前，让秘书精心布置了一番，希望可以在共度晚餐之后给她惊喜。

然而对于美辰，独来独往、孤枕难眠后的欢愉，更像是一种弥补。夜空放弃了抵抗，并不是星光不够璀璨，只是因为纵横交错的公路上无处躲闪的霓虹，一旦开始厌倦某种事物，之后的所有形式的前往都属于一种惯性。

夏亦铭走进餐厅，点了一份牛排套餐，手机上不停回复着工作的邮件，时不时有电话接进来。

美辰只吃了一点水果沙拉，最近一段时间她都没有什么胃口，尤其是看到离开许久的南枫一如往昔地坐在对面，感到陌生极了，有那么一个瞬间，连话都不知道从何说起，只是礼貌性地微笑。

她接过南枫的生日礼物，又是一条卡地亚 love 项链，如同春节联欢晚会一样，每年一到这个时间，就会准时准点没有任何悬念地送达到面前。

美辰起身去洗手间补妆，刚好路过夏亦铭的餐桌，他觉得这个身影好像很熟悉，就追了出去，仔细从后面打量之后问："美辰？是你吗？"

美辰回过头，"噢！夏亦铭？你怎么在上海？"她喜出望外，与他相视而笑。

所有的前尘往事都化作一句简单的问候，所有的久别重逢都是前缘未了。当夏亦铭再次出现在美辰的面前，久违的温暖瞬间融化了长久以来驻扎在她心头的冰凌，不是所有的时间都能与回忆相见，何况是在春花舒叶间被标记温暖的须臾。

【2】

周美辰和夏亦铭都是四川人，他们相识于机场。

学生开学前夕的机场总是异常忙碌，夏亦铭手持登机牌办理行李托运，周美辰急匆匆地跑过来，直接问夏亦铭："你可不可以让我先？我的飞机快要起飞了！"

"我也是！"夏亦铭回答。

周美辰在后面急得直跳脚，一边看着登机牌一边看着手表说："我行李多哦！"

"我也是！"夏亦铭又这样回答。

这个时候，机场的广播里传出了周美辰那趟乘坐的航班即将登机的消息，周美辰说："你看你一个大男人，就不能让着点小女人？此时此刻广播的航班就是我要飞的那趟，怎么办呀？"

"我也是，我也是，我也是！"夏亦铭不耐烦地回答。

周美辰狠狠地瞪了他一眼，只好等在原地，心惊胆战地听着广播里催促登机的消息。

办理好行李托运，夏亦铭转身离开，只听着背后周美辰跟工作人员说：“我这是两箱鞋，一定要轻拿轻放！”

夏亦铭一边听着工作人员说让她把箱子加固，一边听她说没有时间啊没有时间了，转身又回来了。

“带着上飞机吧！”夏亦铭说。

周美辰急赤白脸地说：“我一个人带两个箱子？超重。”

夏亦铭接过一个箱子跟周美辰说：“我就只有一个背包，如果你信得过我，我帮你拿上飞机。”

也只有这样是比较稳妥的方案，两个人大步流星地向前走，夏亦铭一边走一边说：“你是蜈蚣啊？”

周美辰没听懂他说的什么意思，夏亦铭接着说：“不是蜈蚣穿那么多鞋干吗？你不就只有两只脚？”然后下意识地看了一眼周美辰的鞋，说：“赶飞机穿高跟鞋，你真是病得不轻。”

两个人连滚带爬一路小跑来到登机口，广播里已经是第三遍催促登机了。

几乎是在迈进机舱的同一时刻，机舱门关闭。两个人按照登机牌找座位，由于过道狭小，周美辰走在前面，夏亦铭跟在后面。

“36D，我的位子到了。”周美辰刚要坐下，夏亦铭说：“我也是，36E。”

周美辰一边让开空间让他坐过去，一边心里想：你也是，你也是，就知道说这三个字，怎么这么冤家路窄？

两个人落座以后只是简单的交流，两个半小时转眼而过，飞机在浦东机场落地，夏亦铭背好背包，道了别，消失在人流中。

站在人生的新起点，握着千辛万苦拿到的入场券，踮起脚尖遥望那看不到边际的未来，有的人甚至来不及在相遇里道别，因为在追逐明天的路上，梦想为大。

【3】

夏亦铭在同济大学学建筑工程，周美辰在上海大学学服装设计，两个人虽然在飞机上留了联系方式，但长久以来也是零交集，就连放假都没有想过要一起回四川老家。

直到大四，两个人才热络起来。那是一个周六的傍晚，夏亦铭和一票损友外出狂欢，缓解学习的紧张和思乡之苦，吃完了饭直奔KTV。一轮声嘶力竭的号叫和推杯换盏之后，最为活跃的那一个败下阵来，夏亦铭只好把他先行送上出租车。

回来的时候，由于KTV的装修太过统一，他推门进错了房间，连忙道歉的同时，隐约听见几个人高马大穿戴不俗的大哥对着一个女孩说：“你把这酒喝了，咱这事就成了，行不行？美女？”

正当夏亦铭为自己刚刚进错房间心有余悸，感叹这年头“小姐”也不好当的时候，一张熟悉的脸闯进脑海——刚刚那个女生怎么好像在哪里见过？

透过 KTV 那扇中间透明的门，夏亦铭想一看究竟——那不是飞机上遇到的老乡吗？他闯进去，拉起周美辰就往外走，“走，跟我走，你这是在干吗？”

周美辰甩开他的手，埋怨他坏了自己的好事，没等走到门口，就被站在门口的壮汉挡住了去路。“小子，什么年代了，还玩见义勇为那套？别耍花样，否则，不要怪哥哥不客气！”

夏亦铭慢慢移动着身体靠近周美辰，小声说：“这是怎么回事？”

周美辰轻声说：“你怎么会在这里？我这办正事呢！”

夏亦铭有一种不好的预感，“这些都是什么人啊？你怎么会跟这样的人混在一起？”

没等周美辰解释，坐在中间一个戴着黑框眼镜看起来仪表堂堂的人对她说：“美辰，我们就看看你的诚意，我的名字呢，是三个字，你喝一杯，我在这合同上签上一个字，我呢，先干一杯，预祝我们合作愉快！”

夏亦铭朝着他手指的方向看去，三个晶莹剔透的宽口啤酒杯里斟满了酒，对于一个不经世事的女孩子而言，如果这些酒喝下肚，肯定要醉得不省人事。

“那是什么合同？很重要吗？”夏亦铭把周美辰拉到一边。

“他们的总公司在巴黎，上海有分公司，旗下十余个品牌，他们要买我的设计图，我想去他们公司做设计师……”没等周美辰说完，夏亦铭摆出一个 OK 的手势说：“交给我！”

没等周美辰反驳，夏亦铭脱口而出：“我来！”

旁边穿着黑色商务西装的男人说：“你来？你算老几啊？我们张总就喜欢看美女喝酒。”

周美辰拉着他说：“你别闹了！我的事不用你管。”

夏亦铭气急败坏地说：“你是我女朋友，你的事今天我还就管定了！”随后问张总：“你承诺的事是否当真？”

黑衣男一脸贱笑地说：“当然了！我们张总说话向来算数，女朋友是吧？好！够男人，但是如果你喝，这三‘杯’，恐怕就得换成三排了！”

周美辰看不过去了，拉着夏亦铭一边往门口走一边说：“我不是他女朋友，我不做了，咱们走！”

夏亦铭推开周美辰的手，挺起腰杆，瞪着黑衣男说：“好！”

于是，酒被码成三排，一排十杯，黑衣男负责倒酒，周美辰不时地拉着夏亦铭，又被他不断甩开。

喝完第一排的时候，张总真的在合同上签上了第一个字。

第二排喝到一半的时候，只见夏亦铭单膝蹲在地上，放慢了速度，嘴里时不时有酒溢出。

周美辰实在忍无可忍，大喊一声："够了！"随后抢过夏亦铭手里的酒杯，重重地摔在地上，瞬间杯子支离破碎，酒花四溅。周美辰管不了那么多，她愤怒至极，扶起夏亦铭，冲张总咆哮道："这样的公司，不去也罢！"然后拉着夏亦铭一路跑出了KTV。

出租车上，夏亦铭义正词严慷慨激昂地感叹世态炎凉人情冷暖，周美辰一下抱住了他，泪如雨下。

你的身边是否有这样的一个人，他面容干净，眼睛清澈，像一个温柔的野兽，在你每次崩溃无助的时候出现，以看似不可一世的嘶吼抵挡大雨滂沱，狂风怒吼，然后在风和日丽的翌日默默离开。你没有带我走，却留下潺若清溪的明亮，任凭岁月和时光荡涤，依然执着，依然清晰。多年后，周美辰终于懂了，因为夏亦铭的出现，舔吮了那么多连自己都回忆不起的伤。

【4】

周美辰没有回到餐厅里，她关掉了手机，来到了夏亦铭的房间，他给她吃这家酒店闻名遐迩的巧克力曲奇饼干，room

service，开一瓶醒得刚刚好的拉菲。

“美辰，你过得好吗？”在这个奢华的房间里，这句话就好像一杯温热的奶茶划过美辰的喉咙，直达心底，但是她沉默了。

夏亦铭没有继续问，他跟美辰讲了这些年的经历。

夏亦铭家庭条件不好，所以，上大学以后就一边打工一边读书，后来拿到全额奖学金去英国深造，此次回国是应邀参加一个学术研讨会，把国外先进的技术成果与国内的同胞分享。

美辰看着眼前的夏亦铭，俨然一副绅士的模样，举手投足大方儒雅，面容精致，穿戴高端而内敛。

“美辰，你知道吗？那次喝酒，我就在想，如果我喝死在那里，能换你一个锦绣的前程，也值得了。”他低着头望向窗外，背对着美辰，认真地说。

“你太太没有跟着一起来吗？”美辰故意岔开话题，因为她一想到过去，就会心痛到窒息。

夏亦铭转过身，蹲在美辰面前，注视着她的眼睛，许久，说：“我单身。”

一句话足以使整个世界都沉默，将过去的一切都轻描淡写却掷地有声地呈现。有的时候，因为拖着重重的回忆和沉沉的思念，注定无法走得太远。

“三天之后，我就要离开，去机场送送我好吗？”这是夏亦铭对美辰唯一的要求。

美辰没说话，用力地点了点头。

【5】

三天后，浦东机场，美辰穿着一袭亚麻布长裙，平底鞋，头发任意散落，化淡妆，提着一套西装，递给夏亦铭，“这是我为你设计的，世上只此一件。”

夏亦铭接过西装，“我也有东西要送给你。”随后把一个精致的带有蝴蝶结的粉色盒子放在美辰手上。

美辰看了看，盒子没有封，打开，里面是一张机票，目的地——英国。

美辰打开了包，拿出了里面的护照，摇晃在胸前，微笑。夏亦铭将她抱起，在原地打转。

一无所有到只能用生命无声守候的那些流年里，我们就好像蜉蝣，回不到来路也看不到明天，只能拼命地扇动着翅膀。然而，有你一直等在原地不曾离开，以诚、以暖、以倔强、以梦想，没有禁锢，温暖陪伴，这便是最幸运的事。

4. 红尘里，谢谢你做我的 Mr. right

【1】

邱凯泽是在三里屯附近的一个叫“Holiday”的音乐烤吧认识尹熙的，此前他经常在那里和朋友小聚，所以跟那里的服务员混得很熟。赶上周末，遇上聊得来的服务员，可以签单赠送大份的果盘。

那家店有上下两层，车库式设计，门口停一辆老板从拍卖会高价拍得的古董摩托车，二层的栏杆和棚顶都挂满了各种轮毂，还有被彩色油漆喷刷过的钢圈做成的椅子，用水泥砌成的小木墩上，格式零件不规则地摆放在上面，吧台后面的架子上摆的不是酒，而是古董车模型。

那天正值周末，店里人满为患，门口的等候区排起了长长的队伍，来的大都是熟客。老板阿利也在，一会儿到这一桌去敬一杯酒，一会儿又亲自将赠送的菜送往那一桌，忙得不亦乐乎。

柯晟睿一边点菜一边跟着舞台上的歌手唱着：“你在南方的艳阳里看着美女，我在北方的寒夜里烤着里脊……”听到他这么唱，邱凯泽不屑地撇着嘴。

“呃……打扰大家一下，”一首歌唱罢，阿利拿过麦克说，“感谢各位一直以来对‘Holiday’的照顾，借用大家两分钟的时间。”顾客们都放下筷子往舞台上看，离得远的，干脆站起来。阿利平时总是面带微笑，露出左腮的酒窝，今天却异于往常的严肃，一定是发生了什么大事！

投影仪上切换成新闻联播，“新闻联播？靠，自从有了智能手机，有十年以上没看过这国宝级的节目了！”柯晟睿继续吐槽，画面上出现了“甘肃因大暴雨发生大面积山体滑坡泥石流”的消息，有三分钟的时间，这个餐厅里只有新闻联播的声音，每桌的烤肉都在炉子上冒着烟。

“我有一个朋友，就来自这个小县城，在刚刚大家看到的这场泥石流中，他的父母和哥哥被压在了冲垮的房子下面，再也没有醒来。这个家，只有一个幸存者，他，就是我身边这位歌手，致远。”阿利的声音几度哽咽，他调整了一下情绪继续说：“今天每桌全单八折，我会将今天的营业额全部捐给他，感谢大家的到来。”

致远向所有人深深鞠了一躬，泪水一直往舞台的地板上滴落，现场响起了阵阵掌声，满满的正能量！

【2】

“what ’s wrong with him ？ ”一位英国人大声问道。

“这个……这位国际友人说的……”阿利的英文实在糟糕，他怔在台上，不知道如何叙述这个事件。台下的服务员你看看我，我看看你，一副无奈的表情。

尹熙缓缓地从后面走到台前，对阿利说：“让我来吧！”随后，她用纯正的英式英语阐述了泥石流给致远一家造成的灾难，随手在地上拿起一个纸箱，放在舞台左边的桌子上，从口袋里掏出一沓钱，用中、英文各说一遍：“我捐出在这里打工的全部工资，我愿意伸出援手帮助他。”接着，把钱扔进了纸箱，脱下围裙和白衬衣。

邱凯泽和柯晟睿对视了一下，“哎哎哎，脱了，脱了啊！这什么情况？”邱凯泽瞪了他一眼，说：“滚！”。

只见尹熙从牛仔裤口袋里掏出一支笔，说：“请大家给我五分钟的时间。”随后把刚刚脱下的白衬衣铺在桌子上，画了一幅画，上面是父母领着一高一矮两个小男孩在一栋漂亮的房子前面，天空有淡淡的云飘过，房子的周围有繁茂的花草和粗壮的树木。

很快，一幅灵动的画跃然纸上，尹熙给它取名叫“团圆”。她走近致远，拍拍他的肩膀，又回到桌子旁，“我愿意卖出这件衬衣，所得的善款全部捐给他。”

“这女孩有点意思啊！”柯晟睿用右手拄着下巴，邱凯泽使劲照他的头打下去，呵斥道：“你以为人人都跟你一样啊?臭小子！”

台前的女孩，清澈的眸子，嘴唇上涂着淡粉色的唇彩，白净的皮肤，系一个简单的马尾，身上只有一件吊带内衣和一件浅蓝色的牛仔裤，脚下踏一双白色的帆布鞋。

邱凯泽凝视着这个女孩，想起她刚刚台上那段不假思索而流利的英文叙述和那幅随意勾勒就活灵活现意味深长的简笔画，嘴角不由自主地泛起一丝微笑。

“300……500……800……”此时的餐厅俨然变成了尹熙那幅画的拍卖会，价格一路看涨。

邱凯泽猛地起身，径直走到前面，摊开手掌，示意尹熙把麦克风给他，然后说：“我是北师大的一名普通的大四学生，经常来这家店吃饭，很喜欢这里的装修风格，喜欢来这里看看这些自己喜欢却买不起的古董车模型。”接着，他把钱包拿出来，将里面的钱全部取出，毫不犹豫地放进捐款箱，又从裤子口袋里掏出一些零钱，也放了进去，然后说：“在座来吃饭的，想必有白领，有商人，甚至有富豪，而我只是一名学生，但是我愿意拿出身上所有的钱，毫无保留地捐给这位兄弟。”又转身看着尹熙手上的那幅画，认真地说：“敢倾尽所有，才配拥有，不是吗？”话音刚落，现场响起雷鸣般的掌声。

这就是尹熙与邱凯泽的相识。平淡聚会中一个小小的插曲，成就了这段缘分，尹熙彻底被邱凯泽的话感动了，她没想到这个浓眉大眼的高个子男生，内心竟有这么柔情的一面。

【3】

邱凯泽的母亲一直不同意他和尹熙在一起，是因为尹熙特立独行的个性。任何时候，做任何事情，尹熙都不喜欢别人插手，更谈不上跟别人商量，一句话，说了就说了；一件事，做了就做了，她从来不向任何人低头，也从来不向任何事妥协。

然而只有邱凯泽懂，这只是用坚强的外表在掩饰一颗千疮百孔的心。尹熙原本是北京外国语学院的一名学生，在认识邱凯泽的三个月前，一场突如其来的车祸，夺去了她母亲的生命，一瞬间，她失去了最亲的人。

尹熙从三岁起就没有见过自己的父亲，母亲从不跟她说父亲去了哪里，但是听一个老邻居说，父亲因为她是一个女孩儿，受不了奶奶的压力而离开了她和母亲。

家里没有男人的日子过得很是艰难，尹熙还记得有一次，在工厂打工的母亲上夜班，把她哄睡之后就去上班了。半夜，她独自起来去厕所，发现停电了，其实就是保险丝跳闸引起的断电。她趴在窗户上，看邻居家的男人把保险丝修好，灯一家一家亮起来的时候，她摸着黑，从床上摔到了地上，她害怕极了，用小手抱住桌子腿，吓得浑身发抖。

那一次，直到天亮母亲下夜班回来，才把她从地上抱回床上。她在冰冷的水泥地上坐了一夜，双腿已僵住不会打弯，她睁开眼睛看着母亲熬了一夜的那双肿胀的眼睛，只盼自己能够快点长大，帮助母亲分担生活的压力。

可是，当她以优异的成绩考上北外的时候，母亲却遭遇了不幸。太平间里，她看着被撞得面目全非的母亲，她用双手托起母亲的手，那温度，和二十年前那个自己独自熬过的夜一样冰冷，所不同的是，二十年前的那次，她与母亲相隔的是夜晚的黑暗，而这一次，却是生死。

【4】

是阿利收留了她。得知尹熙是大学生，他给她提高了工资，还把店内手绘宣传海报的工作全部交给她做。为了以合理的方式增加她的收入，阿利把海报更换的频率从一个月一次，提高到一个月四次，每到学校要交学费的时候，阿利总是先预支工资给她。

每每跟邱凯泽提起阿利，尹熙心中都怀着满满的感恩。邱凯泽找到工作后，尹熙决定离开烤吧。把尹熙从阿利那里接出来的那天，在烤吧的门口，阿利一直微笑，亲手将她的手交到邱凯泽的手上，语重心长地对邱凯泽说："尹熙，是一朵需要许多许多温暖才能存活的蔷薇，让她一直开在你生命的四季，好好呵护吧！包覆满满的温暖，阻隔浮世的炎凉。"尹熙紧紧地抱着阿利，泪水一直从阿利的耳后流到脖颈，暖暖地滚落后，留下离别的微凉。

【5】

邱凯泽顺利地进入了一家世界百强公司负责软件开发，尹熙则继续完成学业。两年以后，在燕语莺啼、绿树成荫的六月，尹熙毕业了。

他和尹熙举行了盛大的婚礼，伴娘是俞嘉卉，伴郎是柯晟睿，两位新人就像新娘手中的那束手捧花，甜蜜满溢。

尹熙身上的白色 Cymbeline 婚纱是邱凯泽专程带尹熙去法国

量身定做的，胸前的水钻和车骨蕾丝大拖尾上的玫瑰花瓣由全手工打造，配以 Cartier 珠宝，简直美得不可方物。

希尔顿酒店，席设六十九桌，寓意六六大顺，长长久久。上午十点半，加长版宾利慕尚头车驶入酒店大门，礼炮鸣响的那一刻，邱凯泽的手紧张得感觉不到任何温度。随着婚礼车队被人群簇拥，他长舒一口气，打开车门，把尹熙扶下车，头顶的两台无人机正在记录着每一个幸福的瞬间。

柯晟睿从酒店的台阶上快步下来，眉头紧锁，眼神往另外的一边撇，示意他借一步说话，邱凯泽保持着微笑又照了几张照片，好不容易从人群中抽出身来。

“干什么呀？你没看我正忙着呢吗？”邱凯泽不耐烦地说。

“戒指！戒指！我和俞嘉卉刚刚发现你首饰盒里的戒指被换掉了！”柯晟睿心急如焚，“我们找了所有的……”

没等他把话说完，邱凯泽三步并作两步走向婚宴化妆间，化妆台上的首饰盒里放了一对没有品牌标志的普通 18K 白金指环，邱凯泽瞬间感到如五雷轰顶。

那对结婚钻戒购于巴黎 Cartier，尹熙一眼就看中了，虽然有点小贵，但还是毫不犹豫地透支了 Visa 全部的信用额度买了下来。他永远都记得他把钻戒戴在尹熙白皙修长的无名指上的情形，尹熙用微凉的指尖托起他的左手，帮他把男款戴上，然后轻轻把手臂绕过他的脖颈，两个人抬起手，戒指上的钻石在阳光下发出璀璨的光，与尹熙的笑容一起融入正午的暖阳里。

俞嘉卉确认，装着礼金、首饰、珠宝等贵重物品的保险箱在交给她和柯晟睿之后，再没有第三个人接触过，可是，戒指怎么会被换掉呢?

邱凯泽大吼一声："不要再找了，一定是她!"一时间，他握紧拳头的手，气得直哆嗦。

【6】

尹熙拖着婚纱走了过来，邱凯泽下意识地转过身，把首饰盒藏在身后，尹熙满脸微笑地坐在梳妆台前补妆。看了看墙上的钟，时间快到了，打开一副崭新的蕾丝手套，将一朵白色的玫瑰花绑在了手臂上。

她转过身走向邱凯泽，一把从他背过去的手里抢下那个首饰盒。邱凯泽紧张极了，他感到心跳到了嗓子眼，他甚至想扭过头去，不看尹熙的眼睛，他不知道怎么解释戒指的事情。

尹熙打开首饰盒，拿出了里面的女戒，套在了戴着手套的无名指上，然后露出淡淡的微笑说："婆婆选的……尺码正合适!走吧！我的老公，婚礼马上开始了。"

邱凯泽听到这句话，顿时感觉烟消云散，他把尹熙抱起来，在房间里转，一圈又一圈……

婚礼的开头短片里，又出现了当时尹熙在“Holiday”手绘的那件衬衫，它被邱凯泽熨烫平整镶进了一个相框，挂在了客厅；而那个相框，框起的不仅仅是那件衬衫，还有尹熙一路走来的苦涩与伤痛。

有时候，或许人生暗透了，才能看得见星光；或许心冷透了，才能更珍惜幸福；抑或就像邱凯泽曾经说过的，“敢倾尽所有，才配拥有”。红尘路上，若是有人愿意拾捡起关于你的所有喘息、疲累和尖锐封存起来，温暖同行，便是生命中最美好的事。

5. 左岸离别，右岸相守

【1】

老苏打来电话说晚上请苏檬吃饭，苏檬心里直打鼓，虽说自己开的西点店从开业到今天生意尚可，但是毕竟所有的机器和原材料都是德国进口，且开在最繁华的淮海路商圈，所以创业初期朝老苏美其名曰“借”走的周转费用肯定是无力偿还；再加上西点店刚刚起步，起早贪黑，无暇他顾，近一年多的时间里，出入店里的男性都有一个特点——都是别人的男人。

苏檬做好了“死猪不怕开水烫”的准备，那便是：催债，没有钱；催婚，没有人。

晚上六点，紫云阁，一家颇具特色的中餐馆，装修以古色古香的宫廷风格为主色调，门口屏风前立一个 3.5 米的铜关公雕像，桌椅全部采用深褐色梨花木，顶棚四周挂满了红色的小灯笼。

二楼走廊最里面一个包厢，老苏早已恭候多时，苏檬走进去，嘿！还真是情理之中意料之外。情理之中的是，这顿饭不止她和老苏两个人；而意料之外的是，老苏身边还坐着一位和他年龄相仿的女士，苏檬瞬间嗅到了鸿门宴的味道，但是既然是和老苏吃饭，那就“兵来将挡，水来土掩”，没什么好怕的。

这位女士的穿着和这家店的装修风格十分相称，一袭水墨画风格的绿色真丝连衣裙，脖子上戴一条成色饱满的顶级红花蜜蜡项链，手臂上一条MK新款手链，皮肤白皙，虽已年过半百，但仍身材姣好，风韵犹存。

“这是你周姨，周钰莹，爸爸跟你提到过的！”老苏虽然面带微笑，但言语中还是战战兢兢。

“周姨好！”苏檬起身打招呼的时候，余光看到老苏的腰又哈下去20度，一副祈盼相安无事、世界和平的表情，苏檬心里想着：“老苏啊老苏，我当初朝你借钱创业时那趾高气昂的样子哪去了？你也有今天！”

苏檬其实对老苏找女朋友没有什么意见，自己虽然没有成家，但是已经成年并且立业，更何况老苏这一百多万的财产在自己的店里冻结得好好的，怕什么呢？

这时候，电话响了，周钰莹拿起菜单扔下一句：“周姨买单，想吃什么随便点！”随后走出去接电话，包厢内就剩下老苏和苏檬。

两人对视一下，苏檬先开口：“老苏，这是你那女朋友？”老苏没说话，默认了。

苏檬点点头说：“嗯，还行，那她以前的丈夫……”

“十几年前去世了，这些年你周姨一直自己带着孩子。”老苏爽快地回答。

“去世了？哎呀呀，老苏啊！那跟她在一起你要小心了！这风水……”没等苏檬说完，老苏用手敲了敲菜单：“来，看看想吃什么？点几个好菜，把你的小嘴给堵上！”看着老苏一副敢怒不敢言的模样，苏檬心里一阵窃喜。

【2】

苏檬是老苏和陈妍的女儿，她是在苏檬 18 岁的时候离开家的，苏檬很清楚地记得那是高考结束以后，她以高过录取线 53 分的优异成绩考入南开大学，可就在她与同学约好肆无忌惮把酒言欢于毕业大 party 的当天，被母亲一个电话叫回了家。

苏檬回家以后，发现父亲与母亲并排坐在沙发上，目光微寒，面无表情，她从没有看过这样的场面；茶几上有一盒开了封的如梦果汁，母亲给苏檬倒了半杯，她战战兢兢地接过杯子喝了一口，然后把杯子捧在手心，不安地握着。

“檬檬，你长大了，可以独立生活了，我非常骄傲你能考上那么棒的大学，但是……妈妈也该做一点自己的事情了。”陈妍坚定地说道。

苏檬从来都没有想过有一天回到家里会看不到母亲，她不知道所谓的“自己的事情”要怎么样去做，到哪里去做，她第一次知道，这么多年过去了，母亲甘心过朝九晚五的生活，甘心每月工资卡里打进的那微薄的固定收入，甘心自己和家人在市场经济的环境下仍然过着计划的生活，都是因为自己年纪太小。偶尔，苏檬也会听到她和老苏讲，说时代不一样了，哪个朋友的老公从局长的位置上主动让贤，“下海”做起了生意，赚了多少钱，全家人住进了大别墅，孩子也可以出国去读书……而老苏却不认为这样的生活有什么值得羡慕，老苏经常对陈妍说：“我们两个一个是医生，一个是老师，维持生活没有问题，为什么非要‘下海’呢？”每到这时，陈妍就会撇着嘴吐槽老苏的“小富即安”。

在一个喋喋不休争吵的暑假过后，苏檬终于熬到了去南开报到的日子，她这辈子都不会忘记。在送父母回程的机场，办理好登机手续之后，他们执意把苏檬送上了返校的出租车，然而无论他们再怎么掩饰，苏檬还是看到了登机牌上的那两个不同的登机口，一个14，一个32，老苏和陈妍一个回家，一个去深圳。

【3】

不久，陈妍在深圳与同学合开了一所连锁的教育培训学校，开业半年，做得风生水起，她不断地往老苏的账上打钱，希望能够改善家里的生活，她还让老苏去看房子，说暂时买不起别墅，但是可以先买一个二百平方米以上的大复式。可无论陈妍说什么，老苏还是过着深入简出，粗茶淡饭的生活，那张陈妍不断打款进去的建行卡，也稳稳地锁在柜子的抽屉里，从未动过。

一个人过日子很是简单，老苏经常在医院的食堂吃完饭再回家，晚上8点以后手机就关机，家里没有Wi-Fi也不上网，邻居经常能看到老苏家门口即将扔掉的垃圾里有各种方便面的包装盒。

苏檬大四那年，在考研的问题上，陈妍坚持让女儿考国外的大学，并趾高气昂地许诺会承担所有的费用。苏檬不负所望，轻松考上了哥伦比亚大学。老苏不满陈妍打着“一切为了孩子”的名义不经他同意擅自安排孩子出国，于是隔着电话吵了两天，最后陈妍终于说出实话。早在苏檬大二的时候，陈妍就着手准备让女儿出国深造的一切事宜，听到这些，老苏压在心中的怒火终于爆发了。

他亲自草拟了离婚协议寄去了深圳，没想到陈妍居然在收到的第二天下午打着飞的回来和他理论。再次见到陈妍，老苏已经不认识这个女人了，看起来年轻了很多，也瘦了很多，脸上光滑得没有一丝皱纹。一条宝姿连衣裙，配一件 burberry 风衣，手上拉一个 GUCCI 旅行箱，举手投足间，贵气十足。她站在客厅的地毯上与老苏据理力争，指指点点，老苏二话没说在离婚协议上签了字后便夺门而去。

打那以后，老苏干脆住进了医院安排的员工宿舍，在那不足 40 平方米的房间内，堆满了各种书。看完了专业的工具书，他还看一些武侠、侦探、科幻类的杂书，很多时候看得入迷，连食堂都懒得去，经常是头一天的晚餐和第二天的早餐一起吃。

老苏开始带实习生，之前他是拒绝做这项工作的，因为看着那些年轻的面容和明亮的瞳孔，总会非常想念苏檬。这种想念，就好像用尽了毕生力气把心用双手举到时间的齿轮中间，想让它运转得快一点，再快一点，让相聚的时光早一点来临，直到被思念的灼烧和夜晚的寒冷折磨到筋疲力尽，却发现伤口被恶狠狠地揭开包裹的纱布，血肉模糊地暴露在光天化日之下，唯有把自己交给寡淡的生活，痛才能随着忙碌得到些许的抚慰。

【4】

大概有三年的时间，女性对于老苏似乎成了绝缘体，除了工作中与女同事必要的交流以外，老苏从不参加任何女性邀请的聚会，拒绝好心的朋友以各种形式介绍女朋友，他甚至一度认为，余生里，他能相信的女性只有苏檬一个。

老苏在一个学术研讨会上认识了来自中心医院的周钰莹，当天，针对颈部血管颅外段迂曲的探讨是一个重要议题，老苏和周钰莹因持有不一样的解决方案而各执一词。老苏虽然在生活上习惯一切从简，但在学术上绝对严谨。他认为周钰莹的方案存在问题，对于手术过程中危险因素的补救措施还不够完善，周钰莹却说自己是经过临床实验验证过的，两个人僵持不下的时候，被会议的主持人避重就轻地巧妙绕过了。

回到医院，老苏利用下班的时间去图书馆认真地查阅文献，反复地做实验，收集着相关的数据，默默验证着自己的观点，他写了一篇论文，发表在医学杂志上。

与此同时，正有一件远比离婚更糟糕的事发生在老苏身上。

一个患有先天性心脏病的孩子从县医院转来，送到医院时已经出现了心衰，情况非常危急，必须马上手术。正在休息的老苏立刻赶来，孩子的父亲一把抱住老苏，哀求着救救他的孩子，老苏立即投入了工作。然而，由于县医院没有良好的医疗条件，加之转院过程中路上颠簸，孩子的病情恶化，没能抢救成功，孩子的母亲当场昏厥在手术室门外。

就在老苏对于孩子的离世万分悲痛的时候，医务科收到老苏收了病人家属红包的举报。

“红包？哪有的事？”老苏矢口否认。但是，医务科在搜查手术室更衣间的时候，在老苏挂在柜子里的白大衣口袋中找到了一个内有两千元现金的红包。通过调取监控录像发现，红包正是孩子父亲抱住老苏的时候放进他白大衣口袋里的。

证据确凿，老苏百口莫辩，病人家属不依不饶，要求医院把孩子没有抢救成功的事件定性为“医疗事故”。在这个风口浪尖上，医院调查小组只好暂时对老苏做出了“停职”的处分。

老苏知道，如果没有证据证明他的清白，他的职业生涯似乎会就此结束，但眼下也没有更好的办法，只有坐在家里等候最终的处理结果。

老苏的论文发表了，周钰莹打电话贺喜，意外地得知了这件事，她决定帮助老苏。她了解到老苏手下有一个实习生叫孙康，他在医学院读本科的时候，曾是周钰莹的学生，她说的话，孙康一定会听。

第二天，孙康脱掉了白大衣，换上便装，来到了病人家属闹事的地点，他们正架着花圈堵在住院部的走廊上。孙康点燃了一支烟，在窗口若无其事地抽起来。

“反正孩子已经死了，死在他们医院，医院必须得赔偿，